I0633891

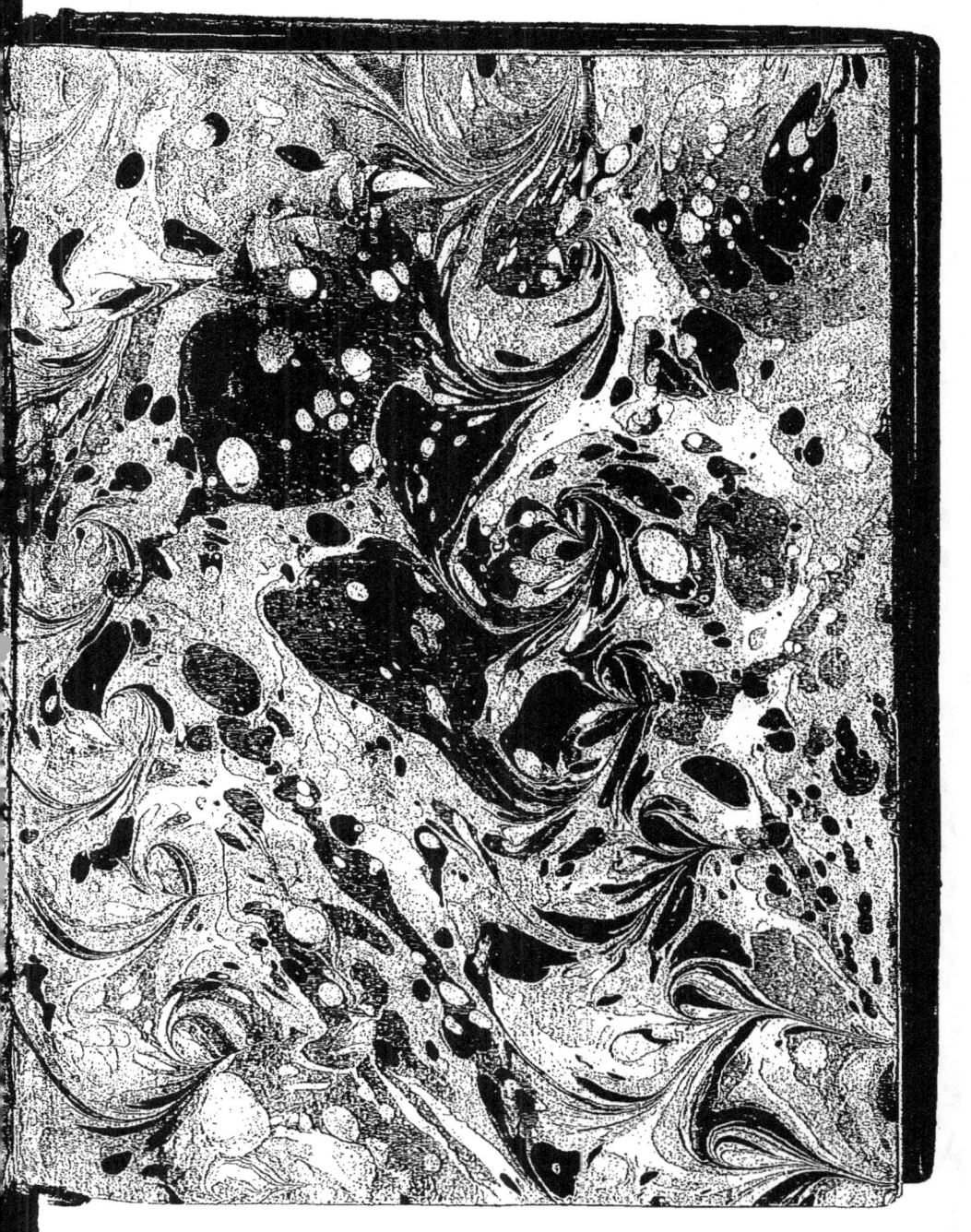

LA VIE DU BIEN-HEUREUX

THEODORE

DE CELLES

RESTAURATEUR DU TRES-ANCIEN
Ordre Canonial , Militaire & Hofpitalier de
Sainte - Croix , appellé vulgairement des Croi-
fiers ; Origine des Croifades & Ordres Croifez.

Avec un Traitté de l'Antiquité de l'Ordre : La Vie & Illuftres
Apparitions de Sainte Odilie : Et avec un Abregé des Saints
& Perfonnages de l'Ordre , morts en odeur de Sainteté.

Le tout Compofé & Recüelli par le Pere PIERRE VERDUC , Prêtre,
Chanoine Regulier du mème Ordre , du Monaftere de Saint Orcus de
Tolofe , Commiffaire du General, & Vice-prieur.

A MESSIEURS D'ATHYS ET DE VERTEÏLLAC.

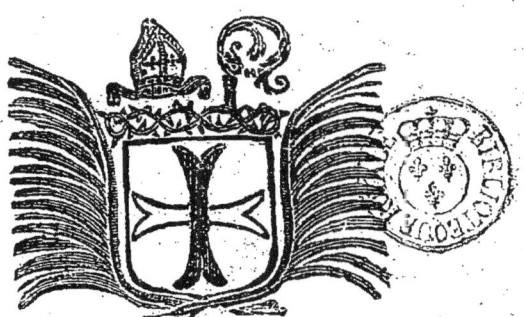

A PERIGUEUX,
Chez PIERRE DALVY, Imprimeur du Roy & du Clergé. 1681.
Avec Approbation.

MESSIRE THIBAUT
DE LABROUSSE

CHEVALIER SEIGNEUR BARON D'ATHYS
Sur Orge, Conſeiller du Roy en ſes Con-
ſeils, & Capitaine Lieutenant des cent
Suiſſes de la Garde du Corps du Roy.

ET MESSIRE NICOLAS DE
LABROUSSE, Chevalier Seigneur
de Verteïllac, le Chadeüil, Bourg des Maiſons, Saint
Martin de la Poüyade, & autres Places, Lieutenant
Colonel du Regiment de Monſeigneur le Dauphin, Co-
lonel en Commiſſion, & Lieutenant par ſurvivance
des cent Suiſſes de la Garde du Corps du Roy.

ESSIEURS,

C'EST un droit de Nature, que celuy
qui eſt Maître de l'Arbre en doit avoir le

ã 2

fruit. Je suis un Arbre qui me nourris dans vôtre fonds : le droit veut donc que vous ayez mes petits travaux , bien qu'ils soient des fruits verts & sauvages. J'ay travaillé chez vous a composer la Vie du Bien-heureux Theodore de Celles , Restaurateur de l'Ordre de Sainte-Croix , & celles des Religieux de sa Restauration , morts en odeur de Sainteté : a faire un Abregé de l'Antiquité de l'Ordre, & des Illustres Apparitions de Sainte Odilie, Vierge & Martyre ; avec d'autant plus de peine , qu'il m'a falû remuër les années & les Siecles, comme tout autant de tombeaux & de mausolées ; pour en tirer la memoire ensevelie soûs les cendres, & dans le chaos du temps qui devore toutes choses. Tellement que ce petit Ouvrage est plus à vous MESSIEURS qu'à moy : Et afin qu'il soit tout vôtre, je vous offre tout ce que j'y pourrois avoir : Et je vous l'offre au Nom de nôtre Ordre , qui vous venere & respecte comme ses Bienfacteurs : & cela d'autant mieux , qu'il voit que ses Saints Fondateurs cherchent leur refuge chez vous. Tout le monde jugera de vôtre haute pieté dans l'Eglise , & de vôtre

*au couvent
fondé a versailles
l'an 1661 par Jeanne
de la Brousse Dais
Comtesse de fenelon
rochefort.

puiſſance dans le Royaume : puis que les Saints
dont je décris la Vie, étant décendus du Ciel
en Terre, choiſiſſent vos Maiſons comme tout
autant de Temples pour y loger : & qu'ils
cherchent vos Auſpices & vôtre Protection
pour paſſer par le Royaume. Ils ſeront exempts
de tout ſoubçon d'être ennemis de l'Etat, à
même temps qu'ils ſeront trouvez avec vôtre
Paſſe-port : D'autant-que tout le Royaume
ſçait que vôtre fidelité à la Couronne de Pere en Fils, ſur tout dans la conjonicture des
Guerres Civilles, & avec les Etrangers,
vous a acquis l'Amitié d'Henry le Grand : de
Louïs le Juſte : de Louïs le Grand, Dieu-don-
né, à preſent Regnant : & de Monſeigneur le
Dauphin, qui ne trouvent leurs Sacrées Perſonnes en plus grande aſſeurance, que quand
Elles ſont gardées par des Labrouſſes. Et ſi
ce qu'on dit d'un Ancien eſt veritable, qu'on
ne puiſſe ſouhaiter rien de plus grand au monde
que de plaire au Roys ? Vous poſſedez donc
tout ce qui eſt de plus grand dans le monde,
vous étans acquis par vôtre fidelité & par
vôtre merite, l'amitié de tant de grands Roys.

L'Hiſtoire de Navarre parlant de la va-

ã 3

Marine, Pere de feu Messire Thibaut de Labrousse d'Athys, favory d'Henry le Grand; Et l'Histoire de France parlant du Mariage de Louïs treize avec Anne d'Austriche Infante d'Espagne, accompli par la fidelité & industrie secrette dudit Seigneur de Labrousse d'Athys, malgré la Ligue des Princes; Les Gouvernemens du Château Trompette & de Saumur; La Commission de faire démolir Mont-Flanquin, & autres mille beaux employs qu'on luy à donnez: Et la même Histoire de France & d'Italie, parlant des belles actions du feu Seigneur de Labrousse de Lapouyade, dans le Fort de Casal, me sont guarants de cette verité. Et la renommée qui est l'Histoire vivante de la France, faira raconter aux Murailles de Mastric, de Dolo, de Valanciennes, de Condé, de Gand, & de plusieurs autres belles Villes, les bons services que vous avez rendus à la France, quand les Historiens cesseront d'en parler. Et ce beau Chêne chargé de douze glands d'Or, qui fait vos Armes, sera un Hierogliphe à toute la Terre de vôtre courage invincible.

Mais si vous avez cet avantage de plaire aux Roys, vous avez aussi la gloire de plaire à Dieu. La Tradition est que vos Ayeux vous ont merité de Dieu par leurs grandes Aumônes, des Benedictions pareilles à celles d'Abraham; qui est que Vous & vos Descendans croîtriez en merite, en vertu & en puissance. Vos Liberalitez font déja des Monumens eternels de vôtre zele & de vôtre pieté. L'Ordre de Sainte-Croix les publiera jusqu'à la fin du monde: Et moy je convertiray tout mon Corps en langues pour prier Dieu dans le fonds de mon Ame, de vous mettre au rang dans le Ciel, parmy les Saints dont je décris la Vie, & pour publier par toute la terre, que je porte avec respect la qualité de

MESSIEURS,

Vôtre Tres-humble, Tres-obeïssant
& tres-obligé Serviteur.
F. P. VERDUC Religieux de
l'Ordre de Sainte-Croix.

A⹀TRES REVERENDISSIME PERE
LE TRES REVERENDISSIME PERE
LAMBERT FERON
GENERAL DE L'ORDRE DE
SAINTE-CROIX.

RES REVERENDISSIME PERE.

JE voudrois copier par mes actions, auſsi bien que par mes écrits, la Vie du Bienheureux Thedore de Celles, ſelon le ſouhait que m'en a fait Vôtre REVERENDISSIME PATERNITE', Lors qu'étant à Huy j'eus l'honneur de luy communiquer mon deſſein : Mais ce ſeroit en quelque façon m'élever

é

EPITRE.

au deſſus de ma ſituation, qui eſt de ramper ſur la terre comme les vers, pour entreprendre de ſuivre cette Aigle dans un degré ſi ſublime de vertu. Tout le monde me blameroit d'une temerité inſigne, de vouloir m'eſſayer à copier ce grand Homme, aprés un autre Original, que Vôtre REVERENDISSIME PATERNITE' *en fait par ſes heroïques vertus; puis que c'eſt Elle ſeule qui peut l'enviſager, pour être élevée ſur ſon Siege: Et pour luy ſucceder a ſa ſage conduite, qu'elle fait plus éclatter que les Diamans de ſa Mître: Et qu'elle exerce avec plus de vigilance que ſa Croſſe, que le Prophete Feremie prevît toûjours dans l'action & dans le travail, dont la ſeule ombre m'a donné autant de conſolation, que ſa figure en donna autre-fois au Roy David. Il eſt vray que Sa* REVERENDISSIME PATERNITE' *m'a donné les moyens d'imiter le Bien-heureux Theodore, m'ayant honoré d'un Livre remply des gemiſſemens des plus illuſtres Penitens; des Cantiques des plus grands Saints; & de maledictions pour les Pecheurs; ſemblable à celuy que Dieu donna au Prophete Ezechiel, & à celuy que*

EPITRE.

l'Ange de l'Apocalypse donna à Saint Jean.
Je mange, & me nourris tous les jours de ce
Livre: & je le trouve neanmoins tous les ma-
tins entier & sans aucune diminution. Il est
doux à ma bouche comme du miel: mais il
sert d'absinthe à ma poitrine; ce qui me puri-
fie des infections de la bête de l'Apocalypse;
& qui me laisse receuillir en paix le fruits des
amples benedictions que Sa REVEREN-
DISSIME PATERNITE' *me départit par*
deux fois, lors que j'étois prosterné à ses
pieds, Sous lesquels je remets ce petit Ouvra-
ge, que j'ay fait imprimer par cette Autorité
qui m'a été commise dans l'Ordre, avec le
profond respect de

Son Plus-humble & plus-obeïssant
Serviteur & Fils en Nôtre Seigneur.

F. P. VERDUC, Religieux de Sainte-
Croix, Commissaire par vôtre
Autôrité, & Vice-Prieur.

ē 2

AUX REVERENDS PERES,

LES REVERENDS PERES

HANSOTHE ET STASSART,

CHANOINES REGULIERS, PRÊTRES de l'Ordre de Sainte-Croix à Huy , & Electeurs Generaux de l'Ordre.

ES REVERENDS PERES,

VOUS considerant comme deux lumieres de l'Ordre, j'ay crû que vous aviez le don d'infallibilité : Voila pourquoy j'ay suivi sans aucune hesitation la correction que vous avez faite de toute cette Histoire, sur les Memoires que j'eus l'honneur de vous communiquer étant à Huy. J'étois resolu de supprimer mes écrits, dés que j'eus appris que vous Reverend Pere Stassart, vous trou-

viez en concurrence d'écrire la même Histoire
que moy ; afin que vôtre Ouvrage, comme
partant d'une main sçavante, & d'une Personne curieuse dans les recherches de l'Anti-
té de nôtre Ordre, parût au jour avec plus
de justice, & plus d'agréement que le mien.
Neanmoins vôtre humilité l'a emporté par
dessus ma presomption, & m'a contraint de
passer devant : Mais si je viens à être blâmé
d'ignorance & de temerité, j'apelleray en
justice vôtre humilité, d'avoir cedé à une
personne moins éclairée que vous : Et le zele
du Reverend Pere Hansothe, d'avoir man-
qué à une œuvre de misericorde, en ne con-
seillant pas les ignorans. Et si vous m'a-
vez l'un & l'autre deferé en cela, je vous
defereray toûjours en tout, par la qualité
que je porte de

MES REVERENDS PERES,

Vôtre Tres-humble, Tres-obeïssant
Serviteur & Confrere.

F. P. VERDUC Religieux de
Sainte-Croix, Vice-Prieur.

ë 3

AU LECTEUR.

E voudrois sçavoir bien parler le langage des Saints, MON LECTEUR, puis que je ne sçay pas bien parler le langage des Hommes. Vôtre oreille sera peut-être choquée d'entendre un langage commun, dans un Siecle rempli d'eloquence. Je me suis pourtant flaté dans cette croyance, que vous estimeriez mieux apprendre le merite & les rares vertus des Saints, dont je décris la Vie par par un langage commun, pour profiter de leur exemple, & pour les invoquer, que de ne les connoître pas du tout par faute de beau langage. Je n'ay point cherché a faire connoître que je suis dans le monde, en faisant ce Livre; puis que je n'y paroîtray qu'avec confusion, y ayant commis tant de fautes. Une certaine necessité m'a forcé à le mettre soûs la Presse, & non pas le desir de la gloire : Mais sur tout ç'a été le desir d'hono-

rer ces Saints , & de leur atrirer des Imita-
teurs.

Preferés donc s'il vous plaît la pieté à la cu-
riofité de l'eloquence , attendant qu'un plus
habille homme que moy vous donne fatisfaction : Et lifez cependant la vie de ces Saints &
Pieux Perfonnages , pour loüer Dieu dans les
divers effets de fa grace. J'en ay fait la recherche avec beaucoup de peine, parmy une infinité d'Auteurs, dont la plû-part n'en parlent que
par occafion & les uns d'une circonftance & les
autres de l'autre , fans qu'il y en ait un qui
recite tout au long l'Hiftoire. Le plus beau Livre que nos Anciens en avoient compofé étoit
dans la memoire, qu'ils croyoient immortelle ,
parce qu'ils la voyoient au rang des Dieux. Mais
le temps nous a fait connoître , que c'eft une
divinité fujette a la mort : Et de ce peu qu'ils
nous en ont laiffé par écrit, les Guerres, les
Incendies, & la longueur du temps nous en
raviffent la connoiffance de la moitié. C'eft ce
qui a fait perdre courage a des plus fages que
moy , d'en faire une ample Hiftoire s'étans
contentés d'en faire des petits abregés, avec
promeffe de plus grands volumes , qui n'ont

pas encore parû en nature. L'exemple de ces Abbreviateurs, qui étoient des personnes tres-sçavantes, me fait remettre pareillement à d'autres aprez-moy, a dire beaucoup de choses, dont je n'ay pû être instruit, pour n'avoir pû voir tous les Autheurs, ny feuilleter toutes les Archives que je m'étois proposé. Dieu leur en reserve apparemment la connoissance, pour reparer mes fautes & mes omissions. Je souhaite qu'il leur en fasse la grace, & à vous M o n L e c t e u r , de tirer cependant quelque fruit spirituel du peu que j'en ay écrit avec ma plume grossiere.   A D I E U.

A   L'HONNEUR

A L'HONNEUR
DU BIEN-HEUREUX
THEODORE
DE CELLES.

E n'eſt pas dans l'éclat du Monde;
Mais dans le neant de la Croix,
Comme un fecond & Sacré Bois,
Que la gloire des Saints ſe fonde:
Les uns y trouvent un repos,
Et les autres fort à propos,
La regardent comme un azile:
Elle eſt un preſſoir à ceux-cy,
D'où découle cette ſainte huile,
Qui ſoulage les maux que nous ſouffrons icy.

i

La Croix est à ceux-là l'échelle,
Pour monter de la Terre au Ciel ;
Elle est plus douce que le miel,
A l'Ame prudente & fidelle.
Un autre à l'heure de la mort,
Desirant d'arriver au port,
Fait de cette Croix un Navire :
Enfin c'est un puissant bouclier,
Dont l'Ame se fait un Empire,
Que les trois Ennemis ne sçauroient surmonter.

C'est à peu prez le bel usage,
Des Religieux de Sainte-Croix,
Pour s'être soûmis à ses Loix,
Par un Conseil prudent & Sage ;
THEODORE surpasse tout,
Et vient heureusement à bout,
D'une si hardie entreprise.
A la Croix il donne son Cœur,
Et ne veut point d'autre Devise,
Que celle qu'en mourant porta son Redempteur.

Les Dignitez Ecclesiastiques,
Sont un obstacle à ses desirs,
Il ne veut pas d'autres plaisirs,
Que les Conseils Evangeliques.
Ayant fait un si digne choix,
Il donne à l'Ordre de la Croix,
Un nouveau lustre dans le Monde.
Rome le reçoit dans son Sein,
Mais son humilité profonde,
Donne la gloire à Dieu d'un si noble dessein.

Il va par tout ou Dieu l'apelle :
Dans les Croisades plusieurs fois,
Qu'on fait contre les Albigeois,
Il porte le feu de son zele.
Brûlant de mourir pour la Foy,
Dans un si grand & Saint employ,
Point de fatige qu'il n'embrasse.
Il gagne des Ames à Dieu,
Quelque effort que le Demon fasse,
De l'Eglise il étend les bornes en tout lieu.

Le Monde voyant ſes Conquètes,
Le met au rang des Conquerans,
En admirant de tant d'Enfans,
Les Colonies qu'il a faites.
Le Ciel à la meilleure part,
Il prepare pour ſon départ,
Une Couronne à ſes merites.
THEODORE de mieux en mieux,
A la Croix donne ſes pourſuites,
Qui le mettent enfin au rang des Bien-heureux.

Pour bien honorer la memoire,
De ſes heroïques actions,
Il faut que nous les imitions,
Et qu'on les couche dans l'Hiſtoire.
Ce que d'autres ont abregé,
On le voit icy redigé,
Le tout en un plus grand volume.
L'Auteur y a donné ſes ſoins,
Et n'a point épargné ſa plume,
Pour être exactement fidelle en tous ſes points,

Protegez-Nous je vous supplie;
Et puis-que Saint Perz autre-fois,
Par un faint amour de la Croix,
Vous nous avez donné la vie.
Ecoutez maintenant nos Vœux,
Et pour nous élever aux Cieux,
Rompez-nous toutes les Barrieres.
THEODORE nôtre Flambeau,
Eclairez-Nous de vos lumieres,
A prefent, & jufqu'au Tombeau.

F. I. SANTUSSANS, Religieux
de Sainte-Croix, Commiffaire Ajoint.

APPROBATION
des Docteurs.

J'Ay lû avec beaucoup de plaifir le Livre Intitulé la Vie du Bien-heureux THEODORE DE CELLES, Compofé par le R. P. P. VERDUC, Chanoine Regulier, & Religieux de l'Ordre de Sainte-Croix. Et je déclare que je n'y ay rien vû de contraire à la pureté de la Foy : Mais que tous ceux qui le voudront lire, y trouveront beaucoup de fujet d'edification pour leurs mœurs, par les rares Exemples de pieté & de vertu qu'ils y verront. Fait dans nôtre Maifon de St. Auguftin de Perigueux, le 18. Fevrier 1681.

    F. J. JANIN, Provincial des Auguftins de Tolofe & de Guyenne.

JE Soûs-figné Docteur en Theologie, & Prieur du Convent des Freres Précheurs de la Ville de Perigueux. Certifie avoir lû avec attention & plaifir la Vie du Bien-heureux THEODORE DE CELLES: Compofée par le R. P. P. VERDUC, Prêtre Chanoine Regulier de l'Ordre de Sainte-Croix: Dans laquelle je n'ay rien trouvé de contraire à la Foy de l'Eglife Catholique, Apoftolique & Romaine, ny aux bonnes mœurs des Fidelles; Mais toutes chofes fort utiles à l'edification du Prochain. Fait dans ledit Convent le 2. de May 1681.

    Fr. JACQUES FARNIERES Docteur en Theologie, & Prieur du Convent des Freres Précheurs de la Ville de Perigueux.

FAUTES SURVENUES A L'IMPRESSION.

Page 3. Ligne 21. ee *lifez* ce. *P.* 4. *ligne* 23. cens foixante, *lifez* mille cent foixante. *P.* 4. ligne 25. les *lifez* . Les. *P.* 22. *ligne* 29. & de St. *lifez* & St. *P.* 40. *dans la* 3. *ligne du Titre du Chap.* le premier de l'Ordre, *lifez* le premier efprit de l Ordre. *P.* 52. *ligne* 1. Opomecrius, *lifez* Opomecrius. *P.* 55. *ligne* 31. les rendre la grande, *lifez* les rendre victorieux de la grande. *P.* 79. *ligne* 4. vingt ans aprez la mort, *lifez* vingt ans avant la mort. *P.* 80. *lig.* 16. Martyrium, *& ailleurs ou ou le trouvera*, *lifez* Martyrion. *P.* 82. *& ailleurs*, *lig.* 5. Virgile, *lifez* Vergile. *P.* 83. *lig.* 7. qui la rendent, *lifez*, qui le rendent. *P.* 93. *lig.* 28. pouffant colere, *lifez* pouffant fa colere. *P.* 96. *lig.* 12. ne le fignoient, *lifez* ne fe fignoient. *P.* 96. *lig.* 22. Archimandrille, *lifez* Archimandritte, *à la dernière ligne de la même*, fe qui, *lif.* ce qui. *P.* 98. *ligne* 23. & que les, *lif.* que les. *P.* 105. *ligne* 14. du Chapitre, dépence, *lifez* dépendance. *P.* 107. *ligne* 1. *du Chapitre*, apellé, *lifez* eft apellé, *à la même*, *ligne* 13. ces Chapitres, *lif.* Les Chapitres. *P.* 113. *lig.* 16. S. Cernin, *lif.* S. Sernin. *P.* 117. *lig.* 10. Bzovius *lif.* Bofius. *P.* 124. *lig.* 5. Primaties *lif.* Primaces. *P.* 128. *lig.* 9. d'Angleterre d'Efcoffe, *lif.* d'Angleterre & d'Efcoffe. *P.* 136. *lig.* 32. ce jette, *lif.* fe jette. *P.* 139. *ligne* 5. d'ouvir, *lifez* d'ouvrir.

LA VIE DU BIEN-HEUREUX
THEODORE
DE CELLES,

CHAPITRE PREMIER.

Sa Naissance presagée cent-ans auparavant,
son éducation, & la reception de la
Croix pour le Voyage de Jerusalem.

A Geneaologie des Saints commençant
dans l'ordre de la grace, & non pas dans
celui de la nature ; ce seroit une chose su-
perfluë, que voulant décrire la vie du Bien-
heureux THEODORE DE CELLES, nous com-
posassions une Chronologie de ses illustres Ayeux, ou un
long discours des belles actions qui leur ont merité rang
dans l'Histoire. Ce seroit voüloir le loüer en qualité de
Saint en une chose qu'il a méprisée pour le devenir :
mais son humilité quelque grande qu'elle puisse être, n'a

Le 17.
Aoust.

A

pû nous difpenfer de dire qu'il étoit Baron de naiffance, & Fils du Baron de Celles dans le Païs de Cou-
drots, de la Principauté & Dioceze du Liege : que fa
Maifon eft tres-illuftre : qu'elle eft fortie des anciens
Ducs de Bretagne, dont elle porte les Armes char-
gées d'une bande de gueulles : qu'elle étoit alliée des
Ducs de Guyenne, des Ducs de Lorraine, & de la Maifon de Lufignan, qui de ce temps la fournit des Roys aux
Royaumes de Jerufalem & de Cypre. Sa Maifon a rang
non feulement dans l'Hiftoire du Liege, mais encore
dans celle de Flandres, de France & d'Efpagne, pour
avoir rendu des fervices aux deux Couronnes, & tient
un des premiers rangs dans les Etats du Liege : Mais fa
gloire eft plus grande, pour avoir donné le Bien-heureux
Theodore pour Reftaurateur à l'Ordre de Sainte Croix,
& pour Saint à l'Eglife, que tous ces autres avantages.
    La Terre de Celles eft tres-confiderable d'elle même,
mais elle l'eft plus à raifon de Nôtre-Dame de Foy, qui
eft une des plus celebres devotions de ce Païs-là, dont le
Pere Poiré fait mention dans la triple Couronne de la
Vierge. Dans le Bourg de Celles il y à une belle Eglife,
où il y à un Chapitre Collegial de la fondation de Pepin
Pere de Charlemagne, & la Cure qui eft dedans, eft de
la fondation & nomination des Barons de Celles. Le
Château eft une ancienne forterefle, à un quart de lieuë
du Bourg, affis fur la pointe d'une Montagne ronde,
fituée au milieu d'un valon, arrofé d'un ruifleau qui
fait moudre les moulins du Château, qui ne tarit jamais,
depuis qu'un grand Saint qui faifoit penitence dans ces
quartiers, eut demandé comme un autre Moyfe de l'eau
à Dieu, à la follicitation du Peuple de la Terre de Celles, qui periffoient de foif à faute d'eau. La Race du B.
Theodore n'a pas tari non plus que ce Ruifleau ; car le
Comte de Beaufort, qui eft aujourd'huy heritier de la

Maifon., & les Dames fes Sœurs, font gloire d'être de la
même Tige & du même Sang.

Ce fût dans ce Château, & dans cette Forterefle, que
le B. Theodore nâquit, en l'année mille cent foixante-
fix, tandis qu'Alexandre troifiéme Pape fe dérobe de
Rome travefti en pelerin, pour fuyr la perfecution de
l'Empereur Froderic Barbe-roufle, & qu'il fe refugie dans
les Cloîtres de l'Ordre de Sainte-Croix dans l'Italie, dont
le B. Theodore doit être un jour le Reformateur & le
Reftaurateur; dequoy le Pape fût fi reconnoiffant, qu'il
leur donna de tres-beaux Privileges qu'on peût voir dans
le Bullaire. Le B. Theodore nâquit à même temps que
l'herefie des Albigeois, ennemis jurez de la Croix, prenoit naiffance en Languedoc, bien qu'elle n'éclata pas
ouvertement, que quelques années aprés; Dieu par fa
Providence, ayant d'un côté fait naître un Predicateur
infigne de la Croix, pour Prêcher la Croix à Toulouze
& Languedoc, à même temps que le Diable faifoit naître de l'autre côté ces ennemis de la Croix.

La Naiffance du B. Theodore parût miraculeufe, en
ce que cent ans auparavant, Dieu le manifefta à Saint
Lietbert de Brabant Evêque de Cambray, fous la figure
d'une grande lumiere, dans le même endroit où il devoit
établir le premier Monaftere pour la Reftauration de
l'Ordre de Sainte-Croix, faifant par là connoître, qu'il
feroit un jour une lumiere de fon Eglife: & que le lieu
où parût cette lumiere, feroit le Chandelier d'où il en-
voyeroit fes rayon par plufieurs Provinces & Royaumes:
Ce fût lors que Saint Lietbert fût exilé de Cambray à
Huy, Ville du Liege le long de la Meufe; car ce faint Evêque paffant fouvent la nuit en prieres dans le Château de
Huy, fitué fur la pointe de la Montagne qui eft du côté
du Nort, vit plufieurs fois une lumiere prodigieufe fur la
croupe de l'autre montaigne, qui borne la Ville de Huy

du côté du midy, au milieu d'un bocage, dont cette
montagne étoit lors couverte; & ayant vû aprés s'être
porté sur les lieux, que le feu de cette lumiere ne brûloit
point le bocage, il s'écria comme quand Moyse vit le
buisson tout en feu sans se brûler? Helas Seigneur d'où
vient que ce bocage rend une si grande lumiere sans être
brûlé du feu! Dieu lui fit connoître sans doute que ce
lieu étoit un lieu saint, & qu'il étoit destiné pour l'habitation d'un Saint, qui feroit là une colonie de Saints;
mais il ne voulut pas lui en reveler davantage, en reservant l'explication entiere à ses successeurs. Neanmoins
ce saint Evêque ne pouvant pas penetrer davantage l'avenir, s'arrêta sur le passé, qui lui aprenoit que saint Thibaut Prêtre & Anachorete sorti d'une des plus fleurissan-
tes Noblesses de France, avoit fait sa penitence dans ce
bocage, ainsi que raporte du Saussay dans le Martyrologe
de France, & sollicita Theodun de Baviere Evêque &
Prince du Liege, qui étoit venu en ce temps-là à Huy
pour y établir le Chapitre Collegial de Nôtre-Dame, de
bâtir dans ce bocage une Eglise à l'honneur de S. Thibaut, ce que ces deux Evêques firent tous ensemble, ainsi qu'il est raporté dans les Patentes de l'établissement du
Chapitre de N. Dame, dattées de cette ânée cent soixan-
te-six, & par Alberic dans son Chronicon du Liege, & dans
le Chronicon de l'Ordre de Ste Croix les Saints Evêques
donnerent un nouveau nom à ce bocage, & à la coline
de cette montagne, l'apellant Clair-lieu, à cause de cette
lumiere miraculeuse que l'un d'eux avoit vû, qui representoit le B. Theodore de Celles, qui naîtra de là à cent
ans, qui trente-quatre ans aprés sa naissance viendra ha-
biter cette Eglise, & bâtir là son premier Monastere pour
accomplir le nom de Clair-lieu. Dieu par sa providence
voulût que ces deux saints Evêques lui ayent preparé une
Eglise, cent trente-quatre par avance, & qu'ils lui ayent

beni un Territoire qui fera pour luy & pour fes Religieux une Terre de promiffion : ce qui ne doit pas furprendre le Lecteur, que Dieu ait revelé foûs la figure d'une lumiere le bien-heureux Theodore, & les Religieux de fa Reftauration long-temps avant qu'ils fuffent, puifque le Docte Nicolas de Lyra dans fes Poftilles, & Gregoire Eder & Aureolus dans leurs Theologies, difent que S. Jean dans le Chapitre dix-neuviéme de fon Apocalypfe a predit que l'Ordre des Croifiers, ou de fainte Croix, eft un de ceux qui compofent cette Armée, qui fuit nôtre Seigneur monté fur un cheval blanc : il eft vrai que faint Jean pouvoit entendre l'Ordre de Sainte-Croix fans Prophetie, d'autant que de fon vivant il avoit été établi à Rome & dans Jerufalem par faint Clete Pape : mais il ne pouvoit entendre fans efprit de prophetie les ordres des Templiers du S. Sepulchre, & de S. Jean de Jerufalem, dont ces Docteurs difent qu'il parle mille ans avant qu'ils fuffent. Et l'Abbé Joachim interpretant l'Apocalypfe, a predit les Ordres de S. François & de S. Dominique long-temps avant qu'ils fuffent, & fur l'Epître à l'Evêque de Philadelphe, dans la Chapitre troifiéme de *Commem:* l'Apocalypfe, il predit l'Ordre des Jefuiftes, au témoi- *Viegas in* gnage de Viegas, quatre cens ans avant qu'il fût. *Apocalyp.*

Il ne faut donc pas s'étonner, si Dieu a manifefté à S. Lietbert Evêque de Cambray le B. Theodore, & la Reftauration & Reformation qu'il devoit faire de l'Ordre de Sainte-Croix, long-temps avant que la chofe foit arrivée. Le B. Theodore de Celles étant donc né cent ans aprés avoir été prefagé, on le Baptife, & on lui donne le nom de Theodore, qui eft le nom d'un grand Saint, qui avoit été Difciple de S. Pachome, & qui avoit été *Pallad:* Religieux affocié à l'Ordre de Sainte-Croix, rétabli de *Palladius* fon temps par fainte Helene & par S. Quiriace ; car Pal- *ad laufiac.* ladius dans fa Laufiaque, rapporte que S. Pachome fit *præfat.*

prendre la Croix à tout son Ordre, composé de sept mille Religieux, ce qu'il ne fit que pour s'associer aux Religieux de Ste Croix ou des Croisiers de Jerusalem. le nom
de Theodore lui est donné par providence de Dieu,
pour faire connoître qu'il auroit le même esprit que S.
Theodore: & pour nous faire aussi connoître en confor-
mant le nom à la chose, qu'il seroit un grand adorateur
de Dieu ; car *theos* en grec veut dire Dieu, auquel si on
joint le Verbe latin, *adoro*, on trouvera que Theodore
veut dire, j'adore Dieu: ou bien je sacrifie à Dieu; d'autant qu'*ador*, d'ou vient adorer, est une espece de fro-
ment d'ont on usoit aux anciens Sacrifices, lequel joint
à *theos*, voudra dire je sacrifie à Dieu : ou bien selon l'in-
terpretation que lui donne Maslepeau Desmaisons sur
Seine, dans l'Abregé qu'il a fait de sa Vie, Theodore
veut dire present fait à Dieu. Et en effet le Baron de Celles son Pere en fit un present à Dieu, en le commettant
pour l'instruire aux Lettres & aux bonnes mœurs, à de
saints & pieux Precepteurs. Et bien que la pieté lui sem-
blât naturelle & hereditaire de ses Parens, neanmoins il
en aquit beaucoup par la frequentation des Chanoines
de Celles, & par l'assistance à leurs Divins Offices: & lui
même sembloit être devenu un Chanoine ou Religieux,
par l'attache qu'il avoit tous les jours à dire l'Office de
Nôtre-Dame, tout jeune qu'il est. Il conçût cette devo-
Chron. ord. tion, sur ce qu'un Religieux de Cisteaux du voisinage, lui
raconta la revelation qu'il avoit euë d'un Ecclesiastique
mort, sauvé par cette devotion. L'impatience de devenir Saint, lui fait continuer cette devotion pendant toute
sa vie : & cette devotion l'a mis au rang des Serviteurs
de la Vierge.

Aprés que Theodore eut achevé ses estudes, il fût envoyé dans les Academies par toutes les belles Villes : &
en dernier lieu, il fût envoyé à la Cour de Radulphe de

Zeringen, Evêque & Prince du Liege. Au milieu de ces grands embarras qu'entraînent les cours., quelque ver-tueux que soient les Princes, le jeune Baron joüit du re-pos de l'esprit évitant en toutes choses les libertez pre-somptueuses des courtisans : Et par une vertu interieure, produite en partie par sa devotion extraordinaire à la Sainte Vierge, il surmonte les saillies de la jeunesse, lors même qu'elle n'inspire que les joyes, & les delices de la vie.

Sa pieté trouva en l'année mille cent quatre-vingt sept une occasion pour s'exposer au Martyre : ce fût lors qu'Henry de Souillac Cardinal, homme de grande pieté vient en Allemagne & Liége, en qualité de Legat de Gregoire VIII. Pape, annoncer pieds nuds, & en ne vivant que d'aumônes, la Croisade à l'Empereur Frederic Barbe-rousse, & aux Princes d'Allemagne, pour le re-couvrement de la Terre-Sainte, que les Successeurs de Godefroy de Boüillon avoit rendu par composition honteuse, à Saladin Sultan d'Egypte, dont les Lettres de Baudoüin Fils du Marquis de Montferrat à l'Archevê-que de Cantorbie, & le Cardinal de Vitry dans l'Histoi-re d'Occident font une ample description. Le B. Theo-dore, comme un des plus apparens, âgé seulement de vingt-un an, fût un des premiers qui prit la Croix des mains de ce Cardinal, aprés Radulphe son Evêque & Prince. L'aplication de cette Croix tourne tellement son esprit vers les choses Divines, qu'elle en fait interieure-ment déja un de ses disciples, en ne luy inspirant que l'hu-milité & le desir du martyre. Cependant la mort de Gre-goire VIII. retarda la marche de l'Armée de la Croisade, jusques à ce que Clement III. eût obligé Frederic à se re-concilier avec luy, & à prendre la Croix, s'étant dere-chef broüillé depuis Alexandre avec Urbain III.

1187.
*Annal.
Baron.
Annal.
Cister.
Chron
ord.S.Crü*

*Epist. bald
du. apud
Baron. &
Annal.
Cist.*

CHAPITRE SECOND.

Son Voyage en Ierusalem, & le commencement de sa voca-
tion sur la Montagne du Calvaire pour faire une Reforme
dans le Païs du Liege, suivant l'institut de l'Ordre de sainte
Croix, avec les predictions de son Ordre.

L'EMPEREUR Frederic Barbe-rousse, aprés avoir
sommé par des Lettres Saladin Sultan d'Egypte de
remettre la Terre-Sainte aux Chrétiens, & aprés luy
avoir assigné pour Champ de bataille la Plaine de Taneos,
part d'Allemagne en l'année mille cent quatre-vingts-
huit, & fait marcher son Armée par mer & par terre,
composée de cent cinquante mille Combattans droit à
Ierusalem, abandonné cependant des Roys de France &
d'Angleterre, qui étoient en guerre. Le bien-heureux
Theodore marche avec Radulphe son Evéque en qualité
d'un des premiers Officiers à la teste des Troupes du Liege, suivant par terre l'Empereur droit à Constantinople,
pour y joindre Isaac Empereur d'Orient : mais l'Empereur d'Orient saisi de terreur à la veuë de cette puissante
Armée, craint qu'on ne veüille luy surprendre Constantinople & son Empire ; ce soupçon luy paroît assez legitime, pour manquer de parole au Pape & à l'Empereur
d'Occident : Il refuse le passage, & pour se fortifier contre des amis, que le seul soupçon luy fait paroître ennemis, il s'allie contre tout droit, avec Saladin. Le bien-
heureux Theodore aprés avoir essuyé avec une constance admirable la difficulté des chemins de la Thrace, & la
famine à laquelle fût reduite quasi toute l'Armée d'Allemagne par la perfidie de l'Empereur d'Orient, fût en peu
de temps dans la petite Armenie, d'où l'Empereur Frederic chassa tous les Turcs, & les pressa si vivement, que
　　　　　　　　　　　　　　　l'épouvante

1188.
De Campo
Taneos
Psal. 77.

l'épouvante portoit déjà Saladin à abandonner aux
Chrétiens la ville de Jerufalem. C'eft là où le bien-heureux Theodore fignala fa vertu & fon courage, combat-
tant plus pour le motif de la Religion & de la gloire de
Dieu, que pour la gloire des Armes. Mais Dieu qui agif-
foit fecrettement dans fon cœur, luy infpiroit d'autres
penfées que de combattre avec l'épée ; il veut qu'il com-
batte avec la feule Croix, & qu'il quitte tout un jour,
pour ne porter que la Croix : il veut que par un vœu fo-
lemnel, il fe confacre un jour à la Croix, pour porter
l'inftitut de l'Ordre de Sainte-Croix, ou des Croifiers en
fon païs de Liege. Ces infpirations du Ciel obligent le
bien-heureux Theodore à frequenter des Religieux
Croifiers, ou de Sainte-Croix, qu'il trouve par la Syrie,
& par la campagne de Jerufalem, qui venoit dans l'Armée de la Croifade, dans l'efperance de la voir bien-tôt
victorieufe dans la ville de Jerufalem : il apprend d'eux
leur inftitut par S. Clete Pape, & leur rétabliffement par
Sainte Helene & par Saint Quiriace ; & comment il
n'y avoit que quatre-vingt huit-ans que Godefroy de   *Guilbel.*
Boüillon ; & Baudoüin fon frere Roys de Jerufalem, les   *Tyr. Ful-*
avoient contraints de ceder l'Eglife Patriarcale du S. Se-   *cher. Carn*
pulchre, parce qu'ils reconnoiffoient le Patriarche de   *Marin*
Conftantinople, à un nouveau College de Chanoines   *Sanuto,*
Reguliers de S. Auguftin qu'ils avoient menez de France,   *Belloy.*
aufquels ils avoient fait commencer un nouvel Ordre,   *Bofius,*
foûs le tître d'Ordre du S. Sepulchre, qui avoit pris des
Croix fur fes habits à leur imitation, & qui avoit rendu
Jerufalem dependante immediatement du Pape & de l'E-
glife Latine ; laquelle Hiftoire il pouvoit apprendre de
Fulcher de Chartres Aumônier de Baudoüin, & de Marin Sanuto, & de Guillaume Archevéque de Tyr Hiftoriens de Godefroy de Boüillon. Il voit à même-temps
devant fes yeux le tres-pieux Henry Valpot Seigneur

B

d'Allemagne, ou Teutonique, qui par l'appuy de l'Empereur Frederic Barbe-rouffe, a fait une nouvelle Reforme de Religieux Croifiers, foûs le titre de Croifiers de
Nôtre-Dame des Allemans, fuivant le même inftitut de
l'Ordre de Sainte-Croix étably par S. Clete, & rétably
par fainte Hélene : avec cette reftriction, pourtant que
dans fa Congregation on n'y recevra que des Gentils-
hommes Allemans. Le bien-heureux Theodore eft re-
folu d'imiter le pieux Henry Valpot, & de prendre auffi
bien que luy le même inftitut des Croifiers, ou de l'Ordre de Sainte-Croix, & de le porter en fon païs de Liege,
mais avec cette difference, que pour la reception dans
la Congregation de fa Reforme, on regardera feulement
le merite & la nobleffe des ames , & non pas la nobleffe
du Sang : & bien qu'il n'execute pas fon deffein à caufe
de fon jeune âge, que vingt-ans aprés le pieux Henry
Valpot, neantmoins il en a quafi auffi-tôt la penfée ; &
fa Congregation bien-que la derniere de toutes , quant
au temps , viendra la premiere quant au merite , & fera
érigée en ordre , pour s'unir & s'affujettir toutes les
autres : & le bien-heureux Theodore fera un jour fait
Generaliffime & Reftaurateur de tout l'Ordre des Croifiers. Attendant donc que le Decret du Ciel qui luy eft
inconnu s'accompliffe , il entre moyenant le tribut, dans
le quartier de la ville de Jerufalem, où étoit le S. Sepulchre, que Saladin avoit feparé du refte de la Ville par
un retranchement , où il avoit laiffé une douzaine de
ces nouveaux Religieux, appellez du S. Sepulchre, qui
avoient fuccedé aux Religieux de Sainte-Coix depuis
Godefroy. Saladin leur permettoit de laiffer entrer les
Chrétiens moyenant certain tribut, ce qu'il fouffroit non
pas par efprit de pieté , mais pour remplir fes coffres d'un
tribut fi revenant : & pour s'allier avec Ifaac Empereur
d'Orient contre Frederic Empereur d'Occident, il avoit

promis de rétablir dans l'Eglise Patriarcale les Grecs,
c'est à dire les Religieux Croisiers, ou de Sainte-Croix
Grecs qui y étoient auparavant, ainsi que rapportent les
Lettres de Baudoüin à l'Archevêque de Cantorbie. C'est
une providence de Dieu, & quasi une espece de miracle,
que de cent cinquante-mille hommes qui étoient venus
d'Allemagne, il n'y ait eü presque que le seul bien-
heureux Theodore de Celles qui soit entré dans la ville
de Jerusalem. Un chacun s'attendoit d'y entrer avec l'Armée, mais personne n'osoit se fier aux Gardes de Saladin,
dans un temps que la guerre étoit échauffée de part &
d'autre. Le bien-heureux Theodore ressemble en cela
Caleb & Josüé, qui furent les seuls de tout le peuple de
Dieu qui entrerent dans cette même Ville, lors qu'elle
faisoit la Terre de promission. Mais il falloit que pour
être veritable Religieux Croisier, ou de Sainte-Croix, il
allât recevoir la confirmation de sa vocation, & l'onction
du S. Esprit sur la Montagne du Calvaire, & dans l'Eglise
Patriarcale du saint Sepulchre, Primace & source de
l'Ordre de Sainte-Croix : Et comme le Phœnix ne prend
vie que sur le lieu de la mort de son pere, il falloit pareillement que le bien-heureux Theodore allât prendre sa
vie & l'esprit de Religieux de Sainte-Croix, où S. Quiriace Archimandrite Reformateur & Restaurateur de
l'Ordre de Sainte-Croix, & une partie de ses Religieux
avoient été martyrisez par l'Empereur Julien l'Apostat,
ainsi que nous dirons ailleurs.

Le Bien-heureux Theodore étant monté sur la Montagne du Calvaire, se prosterna devant Dieu, le priant
de le confirmer dans les inspirations qu'il luy avoit don-
nées, & il y a de l'apparence, que dés lors il fit des vœux
secrets à Dieu, comme Religieux Croisier, ou de sainte
Croix : Ce fût alors proprement qu'il reçût la vocation,
pour faire une Reforme de Religieux Croisiers en son

B 2

païs, suivant l'inftitut de l'Ordre tres-ancien des Croifiers, ou de Sainte-Croix ; ce qui eft tellement veritable,
que sainte Marie d'Oigniez en eût revelation, & le predit, ainfi que rapporte le Pere Defnos Chanoine Regulier de fainte Geneviève, dans fon Hiftoire des Chanoines Reguliers. Et Sainte Chriftine du Liege, qui vivoit
à même-temps que l'un & l'autre, vît auffi par une vifion
miraculeufe tout fon Ordre lorfque Saladin eût pris la
ville de Jerufalem, d'où elle témoigna une joye fi extraordinaire, qu'elle paffa pour ridicule dans l'efprit de
plufieurs perfonnes, à qui elle répondit que la prife de
cette Ville feroit une occafion de falut à plufieurs ames ;
ce qui eft fi veritable, que fi la ville de Jerufalem n'eût
pas été prife, le bien-heureux Theodore n'auroit peut-
être jamais fongé de prendre la Croix, ny d'aller en
Jerufalem ; & par confequent il n'auroit pas penfé à porter l'inftitut de l'Ordre de Sainte-Croix, de Jerufalem au
païs de Liege, & l'Ordre n'y feroit pas comme il y eft, &
il ne s'y feroit pas fauvé tant d'ames comme il s'en y fauve
tous les jours.

*Annal.
Cift. Su-
rius in
eius vita.*

CHAPITRE TROISIE'ME.

*Le Bien-heureux Theodore revient de Jerufalem. Radulphe le
fait par le chemin Chanoine de S. Lambert. Le B. Theodore
affifte à fon enterrement, & renonce à fes grands
heritages en faveur de fes freres.*

TOUTES les circonftances qui accompagnent la vie
du bien-heureux Theodore, nous font connoître
que Dieu le deftinoit à quelque chofe de grand. L'avantage d'être entré quafi le feul de l'Armée dans la ville de
Jerufalem, & d'avoir vifité les faints Lieux, en eft une

tres-confiderable. Il y eft entré en Cavalier, & il en fort
en efprit de Religieux ; Il retourne au Camp devant la
ville de Sclencie dans la Syrie, où il trouve toute l'Armée de la Croifade dans l'étonnement par la mort de
l'Empereur Frederic, arrivée le dixiéme de Juin de l'année mille cent quatre-vingts-dix, pour s'être baigné tout
chaud dans la Riviere. Ceux qui étoient venus de fi loin,
dans l'efperance d'entrer à force d'Armes au premier
jour dans la ville de Jerufalem, font obligez par un malheur deplorable de s'en retourner, fans en avoir vû les
Tours ny les Murailles, à la referve du bien-heureux
Theodore de Celles. Radulphe Evêque & Prince du
Liege, & le refte des Princes d'Allemagne fe retirerent
au plûtôt, les uns par mer & les autres par terre, pour re-
medier aux divifions & aux guerres civiles qui mena-
çoient l'Allemagne ; à raifon qu'Henry fils de Frederic
avoit été Couronné Roy des Romains contre la volonté
de plufieurs Princes. Radulphe prend la Mer avec le
bien-heureux Theodore de Celles, & reconnoiffant
quelque chofe de divin & d'extraordinaire au B. Theodore depuis qu'il a vifité les faints Lieux de Jerufalem,
juge que Dieu le deftine pour fon Eglife, & non pas pour
les Armes. Cét Evêque croit que fon Eglife perdroit
beaucoup fi d'autres luy raviffoient un fi Saint Perfonnage : Voilà pourquoy étant encore fur Mer, il le nomme Chanoine de Saint Lambert de Liege, qui eft une
Dignité tres-confiderable, puifque les Chanoines de
S. Lambert font affociez au gouvernement de la Province, avec l'Evêque & Prince, qui doit être par eux élû de
leur Corps, fuivant que S. Hubert l'a fait établir par les
Papes & par les Empereurs. Cette Dignité de Chanoine
de S. Lambert eft fi éminente que les Roys & les Princes
l'ambitionnoient beaucoup de ce temps-là pour leurs
Enfans ; car Hubert Thomas, Aubert Mirée, & Guicciar-

din dans la defcription du Païs-bas, rapportent que le
Pape Innocent II. vifitant l'Eglife de S. Lambert accompagné de S. Bernard, du temps d'Alexandre de Juilliers
Evêque, trente-ans avant que le bien-heureux Theodore en fût fait Chanoine, y trouva en titre de Chanoines
capitulaires ou honoraires neuf Fils de Roys, vingt-quatre de Ducs, & fix-vingts-neuf Fils de Comtes ou Barons.
Le bien-heureux Theodore fe voyant fait Chanoine de
S. Lambert, entre dans de ferieufes reflexions fur les obli-
gations de fa Dignité ; il propofe à même-temps de vivre
dans toute l'exactitude des loix Ecclefiaftiques. Le Breviaire ne luy eft pas une peine, mais un delice, puifque
volontairement il difoit déjà tous les jours l'Office de la
Vierge. Il regarde Radulphe fon Evêque, comme la Perfonne de N. Seigneur, & il luy rend une obeïffance filiale
& de refpect, comme à fon Pere fpirituel & à fon Prelat :
mais il eft bien-tôt privé d'un tel Pere, qui avoit tant
d'amour pour luy ; car comme les Cours des Princes ne
font jamais exemptes de traîtres ny de jaloux ; quelqu'un
de cette forte de gens, avant de prendre port, jetta un
poifon violent à la dérobée fur la viande qu'on fervoit à
la table de Radulphe, qui mourut fur mer à fon retour
en l'année mille cent quatre-vingt-dix, fuivant l'Hiftoire
du Liege, qui s'accorde avec la Chronique de l'Ordre de Sainte-Croix, bien que la Gaule Chrétienne
mette fa mort au commencement de l'année fuivante.
A même-temps que la mort de cet Evêque & de ce Prince change le miniftere dans fes Etats, qui font compofez
de dix-huit cent Villes ou Bourgs, & qu'elle change les
acclamations & les harangues deftinées pour fon arrivée
en Oraifons funebres, elle tourne plus à la dévotion &
au mépris du monde l'efprit du bien-heureux Theodore,
qui prie extraordinairement pour l'ame de fon bien-
facteur ; & qui fait penitence pour la converfion des

1190.

parricides qui l'ont tué. Il conduit le corps de cét Evêque jusques dans l'Eglise de Viset , voisine & dependante du Chapitre de Celles ; de-là il partit pour aller prendre possession de son Canonicat de S. Lambert , d'où il revint avec une partie des Chanoines pour assister à son enterrement qui fût dans l'Eglise de Viset , ainsi que rapporte Alberic dans la Chronique du Liege. Au sortir de cét enterrement il alla au Château de Celles , où il dit à ses freres que son Canonicat l'obligeoit de s'attacher à Dieu seul, & à renoncer aux choses du Siecle ; que Dieu & son Eglise luy seroient pour l'avenir son heritage , & qu'il leur abandonnoit tout, non pas tant par un motif de les rendre plus riches, mais pour n'avoir plus de commerce, tant que faire se pourroit avec le monde : & aprés leur avoir dit comme le dernier adieu, il s'en alla à la Ville de Liege pour resider à son Benefice.

CHAPITRE QUATRIE'ME.

Le Bien-heureux Theodore assiste à l'élection d'un nouvel Evê-
que , soûs lequel il est fait Prêtre : & dans peu de temps à l'éle-
ction de deux autres Evêques , le dernier desquels le choisit
pour son Conseil. Le B. travaille à la Reformation des Cha-
noines de S. Lambert , & des autres Chapitres.

LE Bien-heureux Theodore en qualité de Chanoine capitulaire de S. Lambert , assiste à l'élection d'un nouvel Evêque & Prince, soit qu'il fût déja Sacré ou non ; car l'élection n'a été reservée aux Chanoines Sacrez que depuis , par la Clementine & par le Concile de Trente. Cette élection fût celebrée, selon que nous apprenons d'Alberic, dans le commencement de l'année mil cent quatre-vingts-onze. On ne pouvoit pas man-

un Synode auquel il convoqua les Chanoines de S. Lambert, & de tous les autres Chapitres du Diocese, & leur Ordonne de se loger dans peu de jours dans leurs Cloîtres, & de vivre en Communauté à l'avenir. Ce que nous apprenons des Historiens du Liege, des Memoires de l'Ordre de Sainte-Croix, & des Annales de Cisteaux sous l'année mille deux-cens-un. Le bien-heureux Theodore comme autheur de cette Reformation, est aussi le premier dans l'observance de si saintes Ordonnances, tant il souhaittoit la sainteté des Chanoines de Saint Lambert ses Confreres, & la perfection de vie de tout le Clergé : mais sa joye ne fut pas de longue durée ; car comme il y a des esprits plus portez au mal qu'au bien, la pluspart des Chanoines s'ennuyerent de cette reforme de vie, ils font tous les jours à faire des supplications à ce Cardinal Legat, qui enfin lassé de tant de prieres, dispensa au bout de trois ans de la vie commune & de l'habitation dans le Cloître ces Chanoines, dont un chacun se retira chez soy comme auparavant. Neanmoins le Bien-heureux Theodore ne perdit pas tout le fruit de son zele ; car cette observance bien-que de peu de durée, laissa bien de l'esprit de l'Eglise & des bonnes mœurs parmy les Chanoines : Et dans ce debris, le Bien-heureux Theodore fit une conqueste de quatre Ecclesiastiques illustres en naissance, en pieté & en merite, dont les uns étoient Chanoines capitulaires, & les autres honoraires ; entre lesquels étoit le pieux Pierre de Val-court de la Maison des Comtes de Rochefort, & de Lossen, & de Cinien, qui s'offrirent tous à luy pour continuër ensemble la communauté de vie que le Chapitre abandonnoit

CHAPITRE CINQUIE'ME.

La Communauté de vie des Chanoines de S. Lambert est reduite au Bien-heureux Theodore, & à quatre autres Chanoines, d'où est sortie la Restauration de l'Ordre de Sainte-Croix. Sainte Marie d'Oigniez luy revele le progrez de sa Reforme, & la volonté de Dieu pour aller Prescher la Croix à Tolose.

DIEU qui tire le bien du mal, a tiré le commence- 1204. ment de la Restauration & de la Reforme de l'ancien Ordre de Sainte-Croix dans le Liege, en l'année mille deux-cens quatre, de l'abandonnement que font de la Communauté les Chanoines de S. Lambert : car cette communauté de vie se trouve reduite au bout de trois années au Bien-heureux Theodore son Autheur, & à quatre autres Chanoines capitulaires, ou honoraires associez avec luy dans une maison particuliere, là où ils s'employent pendant six ans à des exercices spirituels de pieté & de devotion ; & à distribuër aux pauvres ce qui leur restoit de leurs Benefices, comme s'ils avoient été de veritables Religieux : & sans exageration on peut les appeller des veritables Religieux, puisqu'on voit commencer déja dans ce temps-là en eux le rétablissement de l'ancien Ordre de Sainte-Croix, ou des Croisiers. Le bien-heureux Theodore marchant avec prudence & avec grande sagesse avant de commencer ouvertement ce grand ouvrage qu'il avoit dans la pensée, voulut plûtôt s'assurer de la vocation de ceux que Dieu luy avoit destinez pour estre ses aydes & ses compagnons dans cette entreprise. Et aprés les avoir bien éprouvez pendant cinq ans dans le renoncement de leur propre volonté, & dans l'abandonnement des choses du monde, il fut com-

C 2

muniquer son dessein à sainte Marie d'Oigniez, qui de-
meuroit à Nivelle dans le Brabant. Il luy dit les inspirations qu'il avoit eües il y a seize-ans étant en Jerusalem,
& sur la Montagne du Calvaire, d'établir une nouvelle
Reforme de Religieux, suivant l'ancien institut des
Croisiers ou de Sainte-Croix de Saint Clete, & de sainte
Helene, & de S. Quiriace, dont il y en avoit en Grece,
en Italie, & en Portugal ; & dont le pieux Henry
Valpot Seigneur Allemand en avoit commencé une autre Congregation de Reforme, lorsque luy-même étoit
en Jerusalem. Sainte Marie qui avoit souvent des revelations & des colloques avec les Anges, ainsi que rapportent le Cardinal de Vitry & Surius dans sa vie, luy revela que c'étoit la volonté de Dieu qu'il mit en execution son dessein, disent le Pere Desnos Chanoine Regulier de sainte Genevieve, & les anciens Manuscrits &
Chroniques de l'Ordre de Sainte-Croix : mais elle luy dit
à même-temps, qu'avant d'en venir à bout il avoit beaucoup à travailler, pour faire que cette Croix de Nôtre-
Seigneur fût glorifiée des peuples, & des ennemis de l'E-
glise & de la Foy. Et sur ce sujet elle luy dit, qu'elle
avoit eü trois ans avant une vision qui luy faisoit voir une
pluye de Croix qui tomboient sur une grande multitude de peuple, dont Dieu ne luy avoit pas revelé la
signification : mais nous voyons qu'il n'étoit pas necessaire, puisque les effets sont assez expliquez ; car cette vision ne representoit autre chose que l'ordre de Sainte-
Croix, que le Bien-heureux Theodore vouloit rétablir,
& l'abondance des Religieux qui seroient dans la suite
du temps dans l'Ordre de Sainte-Croix. Neanmoins
parce que cette année le Pape Innocent III. envoya
en France des Bulles pour une Croisade contre les heretiques Albigeois du Languedoc ; le Cardinal de Vitry
Chanoine Regulier & Directeur de Sainte Marie, prit

P. Desnos hist. cant. reg.

de là occasion d'interpreter, que cette vision representoit l'abondance de peuple qui se croiseroit contre les
Albigeois : mais puisque Dieu n'en avoit pas donné
l'explication à Sainte Marie, il y a plus d'apparence que
cette vision represencoit plûtôt l'Ordre de Sainte-Croix,
qui est une chose permanente dans l'Eglise, que la
Croisade contre les Albigeois, qui n'a été que de peu
de durée. Neanmoins il pouvoit bien être que cette
vision represencoit l'un & l'autre, puisque le Bien-heureux Theodore a part à tous les deux, ainsi que nous
dirons : Et de quelque maniere que ce soit, c'étoit
toûjours un signe au Bien-heureux Theodore, que la
Croisade qu'ordonnoit contre les Albigeois le Pape
Innocent III. étoit inspirée de Dieu, & plûtôt ordonnée dans le Ciel que sur la Terre, & par consequent
qu'il devoit l'embrasser, & s'y employer de toutes ses
forces, pour rendre la Croix de Nôtre-Seigneur adora-
rable à ces Heretiques ennemis de la Croix.

Sainte Christine de Liege confirma dans ce même
dessein le Bien-heureux Theodore, qui le communi-
qua enfin aux quatre Ecclesiastiques de sa petite Communauté, qui luy répondirent n'avoir autre cœur, ny
autre volonté que la sienne. Neanmoins Dieu laisse
encore ce commencement de rétablissement d'Ordre
dans cét état ; & c'est une merveille de considerer
la Providence, qui bien qu'elle ait destiné de toute
éternité les Fondateurs ou Restaurateurs des Ordres
à de si grandes entreprises, ne les fait reüssir que peu à
peu, comme s'il manquoit de forces, ou qu'il fût sujet
aux malheurs du temps, ou aux évenemens du siecle
qui survindrent pour lors ; car le Docteur Milon ayant
rapporté au Pape Innocent III. le consentement de
Philippe Roy de France contre le Comte de Tolose,
le Pape envoya en l'année mille deux-cent-neuf le Car-

dinal Gallon en qualité de Legat, qui prefenta au Roy
& à l'Affemblée du Clergé les Bulles qui ordonnoient
la Croifade contre les Albigeois, & contre le Comte
de Tolofe leur fauteur : enfuite il donna la Croix aux
Evéques, au Bien-heureux Theodore de Celles, & au
Bien-heureux Jacques de Vitry, fimple Chanoine Regulier pour lors, qui s'étoient rendus tous deux dans
cette Affemblée du Clergé à Paris au mois de May,
1209. par les exhortations de fainte Marie d'Oigniez, fur ce
que Nôtre-Seigneur luy etant apparû tout flagellé de
nouveau, fe plaignoit d'avoir été foüetté & chaffé de
Tolofe par le Comte, & qu'il luy avoit recommandé
de l'y faire rétablir ; Sainte Marie manifefta au Bien-
heureux Theodore & au Bien-heureux Jacques de
Vitry, que Nôtre-Seigneur autorifoit leur Miffion du
Ciel par cette vifion.

Le Cardinal Gallon partagea cette Miffion à ces deux
Saints Perfonnages ; car il renvoya en Flandres, Liege
& Allemagne le B. Jacques de Vitry en qualité de Vicelegat, avec Guillaume Archidiacre de Paris ; & le
Bien-heureux Theodore il l'envoya à Tolofe fuivant
fon deffein, avec l'Archevêque de Sens, & les Evêques
de Nevers & de Clermont, qui fuivirent l'Armée de la
Croifade commandée par Simon Comte de Mont-fort,
par Lyon droit à Beziers, où ledit Comte de Mont-fort
paffa au fil de l'épée, dit Andoque, cinquante-mille
heretiques. Le Bien-heureux Theodore trouvant que
douze Abbez de Cifteaux & de Saint Dominique
avoient partagé le Languedoc pour faire leurs Miffions, alla à Tolofe, où il croyoit avoir fa Miffion
ordonnée du Ciel, fuivant la vifion & revelation de
Sainte Marie d'Oigniez. Il fe joignit au Bien-heureux Foulques Evêque de Tolofe de l'Ordre de Cifteaux, appellé le Poëte gentil, duquel il fût reçû

comme un Apôtre. Et comme tous deux étoient Saints,
ils connurent bien-tôt la vertu l'un de l'autre ; & depuis
ce temps-là ils firent leur Miffion enfemble à Tolofe , &
lierent une fainte amitié. Comme Dieu avoit deftiné
le Bien-heureux Theodore pour Reftaurateur de l'Ordre de Sainte-Croix , il luy donna aufli une particuliere
devotion à la Croix , & un particulier talent pour Pref-
cher l'adoration de la Croix : & comme les Heretiques
Albigeois s'attachoient fortement à nier l'adoration de
la Croix, le Bien-heureux Theodore au contraire , s'at-
tachoit particulierement à les defabufer de cette erreur,
& à leur faire connoître l'obligation que tous les Chrétiens ont de l'adorer , comme une reprefentation, & un
Tableau de Jefus-Chrît fouffrant & patiffant pour les
hommes : ce qu'il leur rendit fi clair par tant de raifons
Theologiques , qu'il en convertit dans Tolofe une
grande quantité.   Dieu confirma fes belles Predications de l'adoration de la Croix par une vifion extraordinaire , pour faire connoître aux Tolofains que leur
falut dependoit en partie de l'adoration de la Croix
qu'on leur préchoit.   Pierre du Val-ferney Religieux
de Cifteaux , Ecrivain de ce temps-là , & le Sieur Catel
dans l'Hiftoire du Languedoc rapportent cette vifion,
qui eft, qu'il parût aux avenuës de Tolofe un Geant aufli
grand , ou plus grand que Goliath , ayant un Sabre en
main dont il menaçoit toute la Ville , & qu'un Bourgeois affez temeraire fe détachant de la foule du peuple,
s'étoit avancé pour luy demander quel étoit fon deffein,
& fans doûte pour luy faire connoître que la Ville feroit
en état de fe deffendre de luy.   La réponfe qu'il en eût
fût un coup de Sabre dont il fût partagé par le milieu,
& une frayeur pour le refte du peuple qui gaignoit déjà
la Ville, fi un autre prodige merveilleux ne l'eût arrêté.
Ce fût une vifion d'une grande Croix fuivie d'une infi-

nité de petites, qui fortoient en Proceſſion de l'Egliſe
de Nôtre-Dame de la Dabade, là où le Bien-heureux
Theodore avoit accoûtumé de faire ſes Predications.
Ces Croix marcherent hors la Ville droit à ce Geant,
devant qui elles firent tant de reverences & d'humilia-
tions qu'elles appaiſerent ſa colere, & l'obligerent à remettre ſon Sabre dans le fourreau. Tout le monde connut que ce Geant étoit Dieu-même qui vouloit exter-
miner la Ville de Toloſe, mais que les prieres des Predicateurs de la Croiſade avoient appaiſé ſa colere. La
grande Croix repreſentoit le Bien-heureux Theodore
de Celles comme Reſtaurateur de l'Ordre de Sainte-
Croix, Chef & Origine de toutes les Croiſades, &
comme le premier exaucé de Dieu dans ſes prieres pour
obtenir le pardon des Toloſains. Ce Bien-heureux Saint
pouſſa plus avant ſon zele & ſa pieté; il conſeilla cette
même année à l'Evêque de Toloſe d'établir une Con-
frérie à l'honneur de la Croix, dont les Confreres porteroient une Croix ſur leur habit, qui ſeroit comme la
condamnation de tous les vices des Catholiques, mais
principalement des Uſuriers, ce qui ſubſiſta quelque-
temps, dit Guillaume de Puy-laurans, mais la differen-
te condition des Nobles & des Roturiers dont elle étoit
compoſée y mit la diviſion; qui fût la cauſe de ſa cheûte
& de ſa ruine, ce qui eſt le malheureux ſort de toutes
les choſes diviſées.

1210.
Puy-lau-
rans &
Catel.

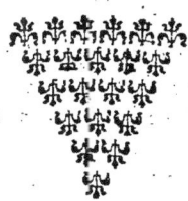

CHAPITRE VI.

CHAPITRE SIXIE'ME.

Le Bien-heureux Theodore fait ſes Prédications à Toloſe, il s'y
prépare au Martyre avec l'Evéque de Toloſe. Ils en
partent enſuite, en portant le Saint Sacrement
au Camp de la Ville de Lavaur.

L E Bien-heureux Theodore ayant eü ſa Miſſion à
Toloſe par ordre du Ciel, & du Cardinal Gallon
Legat du Pape, y paſſa deux années entieres à Précher la
Croix pendant ce premier voyage. L'Egliſe de Nôtre-
Dame de la Dalbade étoit le lieu ordinaire de ſes Predications ſur la Croix, d'où ſortit cette Proceſſion miracu-
leuſe de Croix ; mais comme on n'eſt pas bon Predicateur ſi on n'eſt prêt à ſceller de ſon ſang la Parole de
Dieu qu'on Préche, ainſi que Nôtre-Seigneur dit à ſes
Apôtres, & qu'ils l'ont pratiqué en effet. Le Bien-heureux Theodore de Celles qui fait les fonctions d'un
Apôtre, ſouffre par cette-même raiſon toute ſorte d'injures, de médiſances, de calomnies, & de menaces par
les Heretiques qu'il veut convertir : & plus on le mal-
traitte, il devenoit plus doux & patient, pour dignement
annoncer la Parole de Dieu : & pour tout ſoulagement
quand il a bien Préché, il ne trouve pas quaſi du pain pour
ſe ſubſtanter. Le pain manquoit par tout, à cauſe qu'on ne
labouroit plus, ny ne ſemoit, diſent Andoque & Bertrand ; Les deſordres de la guerre, qui étoit d'autant
plus cruelle qu'elle ſe faiſoit pour la Religion, avoient
changé les Charruës & les Faucilles en Armes, & la di-
verſité de Religion diviſoit le mary d'avec la femme, &
les enfans d'avec le pere : Et comme le plus gros party
étoit celuy des Heretiques, ils enlevoient toutes les

Andoque
Hiſt. du
Lāg. Ber-
trand
geſtes des
Toloſains.

D

proviſions de bouche dans leurs maiſons, & refuſoient
d'en vendre ny d'en donner aux Catholiques, qu'ils
vouloient chaſſer de leur païs par la famine. Tellement
que le Comte de Montfort ſe déroboit ſouvent de ſa
Tante la larme à l'œil à l'heure du dîner, n'ayant dequoy
manger, ny dequoy recevoir ceux qui étoient venus lui
rendre viſite. Il ne faiſoit pas mieux dans Toloſe qu'au
Camp de la Croiſade, car Bertrand rapporte que l'E-
vêque bien qu'il eût une Evéché des plus grandes & des
plus riches (puiſque le Pape Jean XXII. l'érigeant depuis
en Archevéché, en a formé des dépendances cinq Evé-
chez) étoit venu tellement dans la diſette par l'induſtrie
du Comte qui s'étoit emparé de ſes Revenus, que ſes
Officiers étoient contraints d'aller demander l'aumône
pour le nourrir, d'où l'on peut voir la faim & la ſoif que
le Bien-heureux Theodore de Celles ſouffroit de ſon
côté, ce qui étoit endurer lentement le martyre ; ce ſeroit toûjours été une conſolation de trouver du pain en
demandant l'aumône : mais c'étoit un des articles de la
doctrine de ces heretiques, de croire que demander, ou
faire l'aumône étoit un grand peché. C'eſt pourquoy
auſſi l'Evêque de Toloſe & le Bien-heureux Theodore
la demandoient ou faiſoient demander dans la Ville,
autant pour condamner cette fauſſe doctrine que pour ſe
nourrir : l'Archevêque de Narbonne avec un Cardinal
qui étoient en Province, & les douze Abbez de Ciſteaux,
au rapport des Annales du même Ordre, en faiſoient autant par le Languedoc, la demandant eux-mêmes en
perſonne pieds nuds. Ce fût auſſi à cette occaſion, diſent certains Annaliſtes, que les Ordres mandians ont
pris leur commencement. La famine, les mépris, les
injures, & les affronts faits par les heretiques au Bien-
heureux Theodore, n'étoient que des diſpoſitions au veritable martyre dont il fût menacé par le vieux Raymond

Annal.
Baron. &
Ciſter. &
alij.

Comte de Tolofe , au commencement de Carême de l'an mille deux-cens-onze , pour être de la compagnie & du party du Bien-heureux Foulques Evêque de Tolofe. Ce fût fur ce que cét Evêque ne pouvant pas donner les Ordres Sacrez , parce que le Comte dénoncé excommunié, mettoit dans l'interdit par fa feule prefence toutes les Eglifes , avoit fait prier le Comte de s'abfenter quelques jours de la Ville par maniere de promenade. Le Comte prit à une fi grande injure cette priere , comme ne faifant pas d'état de cette excommunication du Pape, qu'il envoya luy-même faire commandement à l'Evêque & à tous fes Predicateurs qui étoient avec luy , dont le Bien-heureux Theodore étoit pour lors le principal dans Tolofe, de fortir fans délay de la Ville , fur peine de la vie. Un tel commandement venant d'un Prince fouverain, fier & puiffant en étenduë de païs , en finances & en troupes (puifqu'il avoit pour lors fur pied une Armée de cent mille hommes) étoit capable d'ébranler les plus refolus & les plus zelés , veû même qu'auparavant il avoit fait martyrifer Pierre de Châteauneuf Legat du Pape Innocent III. pour l'avoir excommunié. Neanmoins le B. Foulques & le Bien-heureux Theodore jugerent qu'il ne falloit pas abandonner la Parole de Dieu, ny la ville de Tolofe pour les menaces de la mort,& qu'il valloit mieux fouffrir le martyre pour l'interêt de Dieu , que d'obeïr au Comte , afin de luy faire voir que les puiffances temporelles n'ont pas d'authorité fur la Miffion de l'Evangile pour l'arrêter quand ils veulent. Ces deux Saints Perfonnages attendent à tous momens qu'on vienne les mener en prifon, où les égorger dans les Chaires, ou dans les ruës ; Ils continüent leurs Predications jufqu'aprés les Octaves de Pâques de l'année mille deux-cens-onze, que l'Arméé de la Croifade approchant de Tolofe, le Comte fit commandement à

Pierre du Valfernay dàs l'hift. des Alb.

D 2

tous les Catholiques de vuider la Ville , comme luy
étant fufpects & inutiles pour la deffendre pendant
le Siege dont elle étoit menacée. L'Evêque fuivy du
Bien-heureux Theodore, & des Chanoines de S. Eftien-
ne, de Saint Sernin , & de cinq mille Catholiques, fortit
pour lors de la Ville , en portant le Saint Sacrement de
l'Autel pieds nuds , & tous ceux de fa fuite , dans le
Camp de la Croifade pofé devant la ville de Lavaur ,
commandé par l'Abbé de la Chaife-Dieu d'Auvergne,
Legat. Ils trouverent que les machines dont l'Armée de
la Croifade battoit cette Ville au lieu de Canons, qui
n'étoient pas encore en ufage , ne faifoient point de
bréche aux murailles, furquoy le Bien-heureux Theodore qui avoit toute fa confiance en la Croix , ou en
Nôtre-Seigneur mourant qu'elle reprefente , confeilla
le jour de l'Invention Sainte-Croix Fête titulaire de fon
Ordre , d'arborer une grande Croix au milieu du Camp,
que les ennemis peuffent voir de la Ville. Son Confeil fût fuivi. , tous les Ecclefiaftiques & toute l'Armée fe profternerent en chantant le *Veni Creator* devant
cette grande Croix qu'on arbora. Les ennemis qui auparavant faifoient des bravades, font prefentement fai-
fis d'une fi grande frayeur , qu'ils abandonnent les
baftions & les murailles ; l'Armée de la Croifade donna
cependant l'affaut & l'efcalade , & la Ville fût prife le
même jour de l'Invention Sainte-Croix, ainfi que rapporte Pierre du Valfernay. Ce Miracle fi éclatant de la
vertu fpirituelle de la Croix embrafa tellement le cœur
du B. Theodore, qu'il fonge à s'en retourner à Liege
fans plus differer, pour faire que luy & fa petite Communauté fiffent Profeffion publique de Religieux de
Sainte-Croix, ou des Croifiers , dont ils ne l'avoient
faite que fecrettement jufques alors. Neanmoins comme le Comte de Mont-fort General de l'Armée de la

Croifade, aprés avoir pris Lavaur alla affieger Tolofe, le Bien-heureux Theodore fuivit l'Armée, & ce fût pour lors qu'il fit connoiffance avec S. Dominique, & avec tous les autres Saints Perfonnages qui fuivoient l'Armée de la Croifade.

CHAPITRE SEPTIE'ME.

Le Bien-heureux Theodore eft creé Vicelegat avec l'Evêque de Tolofe, qu'il emmene avec foy au Liege vifiter Sainte Marie d'Oigniez, Sainte Chriftine & Sainte Luthgarde.

LE Bien-heureux Theodore fentant les mouvemens interieurs de la grace, qui le pouffoient d'aller commencer fa Reforme & Reftauration de l'Ordre de Sainte-Croix, ou des Croifiers, depuis le triomphe de la Croix fur la ville de Lavaur, communique au Bien-heureux Foulques Evêque de Tolofe le deffein qu'il a de s'en retourner au Liege. L'Evêque de Tolofe luy témoigna qu'il feroit bien-aifé d'aller avec luy pour voir Sainte Marie d'Oigniez, Sainte Chriftine & Sainte Luthgarde, dont il luy avoit raconté tant de merveilles. Leur voyage eft arrêté pour partir au premier jour, ce qui fait voir la grande confiance que l'Evêque de Tolofe avoit au B. Theodore. Ils vont tous deux prendre congé de l'Evéque d'Uzez Legat du Pape, arrivé au Camp de Lavaur depuis la prife de la Ville. Ce Legat les conftitua tous deux Vice-legats pour le Liege & lieux de leur paffage : & à même-temps Guillaume Archidiacre de Paris, & le Bien-heureux Jacques de Vitry Cha-

D 3

noine Regulier tous deux affociez, qui étoient depuis
peu revenus d'annoncer la Croifade en Flandres & Provinces voifines. C'eft ainfi que nous l'apprennent Pierre
du Valfernay & l'Annalifte de Cifteaux, qui l'a tiré d'une
vie manufcrite des Comtes de Tolofe qui eft dans l'Ab-
baye de Cantabry en Efpagne, où il eft dit, que *Foulques
Evéque de Tolofe eft envoyé Vicelegat en Liege, avec Guillaume
Archidiacre de Paris, Maître Iacques de Vitry & autres qui
avoient une pareille Commiſſion*, du nombre defquels étoit
le Bien heureux Theodore, felon que nous apprennent
les Chroniques & les Memoires de l'Ordre de Sainte-
Croix.   Neanmoins ils ne partent pas tous enfemble,
car l'Archidiacre de Paris & Jacques de Vitry prirent
leur route par l'Auvergne, dit Pierre du Valfernay : &
l'Evéque de Tolofe & le Bien-heureux Theodore fuivirent l'Armée de la Croifade qui fût affieger Tolofe fur
la fin du mois de May mille deux-cens-onze : mais ayant
été obligée de lever le Siege, elle alla camper devant la
ville de Cahors. L'Evéque de Tolofe & le Bien-heureux
Theodore partirent de Cahors, & arriverent à la ville

1211.   de Liege dans le mois de Juillet de la méme année, là où
le Bien-heureux Theodore mene l'Evéque de Tolofe
voir fa petite Communauté de quatre Religieux non en-

Iac. de Vi-   core découverts, dont cét Evéque fût fi bien édifié,
try & Su-   qu'il dit qu'il avoit trouvé la terre des Saints à Liege, &
vius dans   qu'il avoit laiſſé l'Egypte à Tolofe.   Ils vont enfuite voir
la vie de   qu'il avoit laiſſé l'Egypte à Tolofe.   Ils vont enfuite voir
Sainte   Hugues de Pierre-pont Evéque & Prince du Liege,
Marie   que nous pouvons appeller avec juftice le fils fpirituel
D'oigniez.   du Bien-heureux Theodore, & un Religieux de l'Ordre
de Sainte-Croix ; car c'eft par la direction & fainte converfation des Religieux de Sainte-Croix, qu'il perdit
cét efprit relâché & mondain, dont le blâment en fon
commencement Alberic dans les Chroniques du Liege,
& la Gaule Chrétienne, aufſi nous le verrons un jour

mourir à Huy entre leurs bras. En partant de là ils vont
visiter sainte Christine qui étoit dans la Ville, sainte Marie d'Oigniez, & le Bien-heureux Jacques de Vitry son
Directeur qui étoient à Nivelle ; là où Jacques de Vitry
partant de Lavaur, s'étoit rendu pour y recevoir le saint
Evêque. Dans leurs entre-veuës il s'y passa plusieurs
Miracles, ainsi que rapporte S. Thomas de Chantpré, &
le même Jacques de Vitry dans la Vie de sainte Marie
d'Oigniez, qu'il dédia à cét Evêque aprés qu'elle fût
morte. Mais comme il ne nomme pas l'Evêque de Tolose, ny les Ecclesiastiques en faveur de qui arriverent
ces Miracles, que par des paroles couvertes & indi-
rectes ; d'autant que les personnes étoient vivantes,
cela a fait croire à quelques Autheurs que Jacques de
Vitry parloit de soy-même, mais d'autres interprettent
qu'il veut parler de l'Evéque de Tolose & du Bien-
heureux Theodore de Celles. Dieu voulut faire voir
par ces Miracles, que telles Visites étoient exemptes
de curiosité, & que les entretiens de ces Personnes
saintes n'étoient point mêlez de paroles inutiles &
oiseuses : & l'Evéque de Tolose fit en particulier pour
lors les Eloges du Bien-heureux Theodore au Bien-
heureux Jacques de Vitry, que Jacques de Vitry rapporte en termes generaux, apostrophant l'Evéque de
Tolose dans la Vie de sainte Marie qu'il luy dédia, dont
voicy les paroles. *Venerable & Saint Pere ? il me sou-
vient qu'étant au Liege, vous me dites avoir vû à Tolose
des personnes de nôtre païs ferventes en la foy, grandement
patientes dans l'adversité, & fort addonnées aux œuvres de
pieté, qui vous avoient dit qu'il y avoit chez-nous des saintes Femmes qui pleuroient pour le moindre petit peché veniel,
cependant que ceux de vôtre païs n'étoient pas touchez d'un
million de pechez mortels ; ce qui vous avoit porté d'un saint
desir à venir voir ces saintes Femmes.*

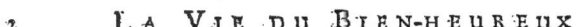

De Nivelle , l'Evêque de Tolose alla voir sainte Luthgarde Religieuse de Cisteaux au Monastere d'Aquirié dans le Brabant, & de-là il s'en retourna à Tolose la même année , disent Pierre de Valsernay & les Annales de Cisteaux. Et le Bien-heureux Theodore en qualité de Vicel-egat prenant avec soy ses quatre premiers Religieux secrets , alle annoncer la Croisade , & donner la Croix par toute la Province du Liege à quantité de personnes de toute condition qui se rendirent à l'Armée de la Croisade dans la Campagne de Tolose , & qui fortifierent merveilleusement l'Armée à la fin de cette année , & de la suivante , dit Pierre de Valsernay. Aprés ces Recruës faites de Soldats de la Croix, le Bien-heureux Theodore se prepare à faire la Profession de Religieux de Sainte-Croix, & une Congregation de Reforme, qui dans moins de quatre-ans sera érigée en chef de tout l'Ordre des Croisiers , ainsi que nous verrons dans la suite.

CHAP. VIII

CHAPITRE HUITIE'ME.

Le Bien-heureux Theodore fait profeßion solemnelle entre les mains de l'Evêque du Liege : c'est là où il commence la Reforme & Restauration de l'Ordre de Sainte-Croix dans la forme Canonique.

LE Bien-heureux Theodore à son retour de Tolose ayant trouvé ses quatre premiers Religieux secrets, dans le même esprit qu'il leur avoit inspiré, de faire une Congregation de Reforme de l'Ordre de Sainte-Croix, suivant le premier Institut de l'Ordre des Croisiers établis par Saint Clete Pape, & rétablis & reformez par Sainte Helene Imperatrice, & par Saint Quiriace, qui depuis avoient passé soûs la Regle des Chanoines Reguliers de Saint Augustin, tout de même que les autres Chanoines Reguliers de Saint Marc & de Saint Eusebe de Vercel, alla declarer son dessein à Hugues de Pierrepont Evêque & Prince du Liege. L'Evêque qui consideroit le Bien-heureux Theodore comme une personne remplie de l'esprit de Dieu, puisqu'il s'étoit soûmis à sa direction, promet de contribuër de toutes ses forces à son pieux dessein. Le jour de l'Exaltation de Sainte-Croix, ou un autre jour dans le mois de Septembre de l'an mille deux-cent-onze, fût assigné pour un si grand Ouvrage, auquel jour le Bien-heureux Theodore détaché des interests de la chair & du sang, qui dominent tant les hommes, se demit de son Canonicat entre les mains de l'Evêque, & non point de ses parens, ou amis, & remit tout ce qu'il avoit en son pouvoir aux pieds de l'Evêque, comme aux pieds des Apôtres ; laquelle

E

action on ne peut appeller qu'une veritable profession. Tout l'Ordre de Sainte-Croix convient de cette verité, la Chronique & le Livre des premieres deffinitions le rapportent de la façon, & le Pere de Villars, & Maslepeau dans l'abbregé de sa vie : il est vray qu'ils disent que ce fût l'année auparavant, ce qui ne peut être qu'un erreur par eux-mêmes, qui ne le font partir de Tolose qu'avec le Bien-heureux Foulques Evêque de Tolose, qui ne vint au Liege selon la Chronique & Annales de Cisteaux, & selon l'Histoire des Albigeois, que cette année icy mille deux-cent-onze. Il est vray aussi de dire que l'Ordre de Sainte-Croix dans cette Reforme & Restauration, auroit été dépendant aussi-bien que tous les Ordres anciens, de l'Evêque du Liege & des autres Evêques, si le Bien-heureux Theodore n'avoit luy-même travaillé dans moins de trois ans à le faire rendre exempt des Ordinaires & Immediat au Saint Siege. La Reforme & Restauration de l'Ordre de Sainte-Croix a été commencée, selon la verité du fait, par le Bien-heureux Theodore & ses quatre Ecclesiastiques associez en l'année mille deux-cent-quatre, aprés que le Chapitre de S. Lambert eût abandonné la Communauté de vie : mais selon la rigueur du droit, elle n'a commencé que cette année icy mille deux-cent-onze, si nous admettons pour Canonique, ainsi que nous le supposons, la Profession du Bien-heureux Theodore entre les mains de l'Evêque du Liege. Or c'est une chose incontestable que cette Profession est Canonique, d'autant qu'en ce temps-là les Evêques avoient de droit commun le pouvoir d'approuver de nouveaux Ordres, ou de donner l'habit des anciens déjà établis : car la plûpart des Ordres des Moines ont commencé par la seule authorité des Evêques, mais particulierement des Chanoines Reguliers, pour estre essentiellement du Corps du Clergé,

ainſi qu'on voit que l'Evéque d'Aouſte aprouva la Congregation de S. Bernard de Menton ; Durand Evêque de
Clermont la Congregation de S. Pierre de Chavenon,
& que tous les interprettes de la Regle de S. Auguſtin,
ſur ce nom de Prêtre, conviennent que les Chanoines
Reguliers étoient originairement dépendans des Evéques, & qu'ils étoient leurs Coadjuteurs, diſent certains Canoniſtes, pour la Predication & adminiſtration
des Sacremens. Ce droit de recevoir des Profeſſions,
ou approuver des Ordres Religieux, fût ôté quatre-
ans aprés aux Evéques par Innocent III. Pape, dans le
Concile de Latran, ainſi qu'on peut voir dans les Actes
de ce Concile inſerez dans le Droit-Canon, & par un
Decret de l'Inquiſition confirmé par Paul IV. Pape.
Cette prohibition juſtifie le droit & la poſſeſſion qu'a-
voient les Evéques auparavant, & juſtifie par conſequent que la Profeſſion du Bien-heureux Theodore entre les mains de l'Evéque du Liege, & ſa Congregation
commencée pour lors, ſont veritablement Canoniques
depuis ce temps-là, & que ſon Monaſtere de Clair-lieu
joüiſſoit dés ce moment des privileges & exemptions en
certaines choſes accordées aux Reguliers par l'Egliſe,
dans le Concile de Calcedoine & dans d'autres Conciles, & par les Decrets des Papes inſerez dans le Droit-
Canon ; par leſquels l'Egliſe & les Papes laiſſoient à la
verité les Reguliers ſoûs la juriſdiction immediate, mais
non pas pleniere des Evéques. L'année de probation
n'étoit pas neceſſaire au Bien-heureux Theodore pour
rendre ſa Profeſſion Canonique, d'autant que le temps
du Noviciat étoit pour lors à la diſcretion de chaque
Ordre, ainſi que le declara Innocent III. dans les De-
cretales : Et cela d'autant mieux que le Bien-heureux
Theodore ne prend pas un Inſtitut d'un Ordre man-
diant, mais d'un Ordre de Chanoines Reguliers ſoûs le

E 2

Diana in Miſcell. tom. 3. Novar in quæſt for. Zerola in praxi Ep. & cap. ne nimia tit. de Religioſis domib. decret. Inquiſit. 16. Iull. 1556.

c. 18. q. 1. & cap. 16. quæſt. 1. extra. cum dilectus. de Relig. domib. & extra. ſane de exceſſ. prælat.

Extra. ad Apoſtol. tit. de tranſ. ad ali. Relig.

tître de Croiſiers, ou de Sainte-Croix, qui avoit en cet-
In 6. tit.
de Regul. te qualité le Noviciat à ſa diſcretion, ainſi que declara
depuis Boniface VIII. dans le Sexte. Il eſt vray que le
Concile de Trente oblige depuis toute ſorte de Religieux à l'année de probation avec le portement de l'habit. Et l'Ordre de Sainte-Croix depuis le Bien-heureux
Theodore gardoit cette méme Regularité avant le Concile de Trente, ainſi qu'on voit dans ſes Status. Nous
pouvons dire neanmoins que le Bien-heureux Theodore
a fait non pas un Noviciat d'une année, mais de vingt-
ans, qui eſt depuis qu'il alla en Jeruſalem avec l'Armée
de la Croiſade, & qu'il a porté quaſi autant de temps
l'habit, ayant toûjours porté la Croix parmy les Croiſades de ce temps-là. Son premier habit avec lequel il fit
ſa Profeſſion étoit noir, ſelon qu'étoit l'uſage des Chanoines Reguliers de France, d'Allemagne & d'Angleterre, au témoignage du Cardinal de Vitry dans ſon
Hiſtoire, & ſelon que les Conciles d'Avignon, de Toloſe, & de Londres de ce temps-là l'ordonnoient;
n'ayant pour difference des autres Chanoines Reguliers
que le Scapulaire gris des anciens Croiſiers, qui repreſentoit mieux par ſa couleur griſe le Bois de la Croix de
Nôtre-Seigneur, dont il eſt une figure. Il prit la Croix
rouge & blanche ſur la poitrine, tant pour ſe ſouvenir
du Sang & de l'Eau qui coulerent du côté de Nôtre-
Seigneur, & de là pureté & charité, que pour ſe diffe-
rentier des autres Congregations de l'Ordre qui la portoient d'une autre couleur, & ſur l'épaule, ou au bras;
car la difference des habits, ny la difference des Croix,
ne change pas l'Inſtitut de l'Ordre des Croiſiers, ou de
Sainte-Croix, qui eſt toûjours le méme juſques à preſent, depuis Saint Clete Pape, & depuis Sainte Helene.

CHAPITRE NEUVIE'ME.

L'Evêque du Liege donne au Bien-heureux Theodore l'Eglise de Saint Thibaut à Huy, pour accomplir la vision de S. Lietber, qui representoit le Bien-heureux Theodore.

L A Profession du Bien-heureux Theodore entre les mains de l'Evêque du Liege exigeoit de l'Evêque un devoir de pere à son regard. L'Evêque luy donne l'Eglise de Saint Thibaut sur la Colline de la Montagne de Clair-lieu, joignant la Ville de Huy, pour y commencer le premier Monastere de la Reforme & nouvelle Congregation qu'il pretend faire de l'Ordre de Sainte-Croix. Dieu explique presentement le mystere qu'il a tenu caché pendant cent ans, de cette prodigieuse clarté qui parut de nuit dans cét endroit à S. Lietbert Evêque de Cambray pendant son exil à Huy, & à Theodun Evêque du Liege, qui en memoire de cette vision, y bâtirent une Eglise à l'honneur de Saint Thibaut, ne pouvans pas penetrer l'avenir. Ces deux Saints Evêques preparerent cette Eglise sur cette Montagne comme un Chandelier sur l'Autel ; mais Dieu avoit reservé à Hugues de Pierre-pont l'avantage d'y mettre le Flambeau, en y établissant le Bien-heureux Theodore, afin que dessus cette Montagne il fasse éclater sa lumiere par tout le monde. Le Bien-heureux Theodore se retire donc de la Ville de Liege avec ses quatre premiers Religieux, chargé seulement de son habit, de la Regle de Saint Augustin, & de quelques Livres de devotion. Il s'en va dans l'Eglise de Saint Thibaut accomplir cette vision

E 3

fans le fçavoir, pratiquant à la lettre le conſeil du Prophete Haïe, qui dit aux Predicateurs de monter ſur les

Montagnes pour Prêcher l'Evangile ; & imitant Nôtre-
Seigneur, qui ayant quité le bruit & la foule du peuple,
dit Saint Mathieu, monta tout ſeul faire ſa priere ſur
une Montagne. Le Bien-heureux Theodore monte
ſeul avec ſes quatre premiers Religieux ſur cette Montagne de Clair-lieu, là où il paſſe ſouvent les nuits entieres en prieres & meditations. Il ſanctifie par ſa penitence derechef cette Montagne & cette ſolitude, qui
avoit été une autrefois ſanctifiée par Saint Thibaut Ana-
chorette. Tellement qu'il ſemble que cette Montagne
ſoit deſtinée de Dieu pour faire les hommes Saints,
puiſque dans la ſuite du temps nous en verrons ſortir un
grand nombre de Saints & pieux Religieux, qui ſont en
abbregé dans la fin de ce Livre. Le B. Theodore reçût
dans l'Egliſe de S. Thibaut les Vœux & la Profeſſion de
ſes quatre premiers Religieux : & avec eux, comme avec
quatre Definiteurs generaux, dont l'Ordre a conſervé
encore l'uſage, il commença à tenir des Chapitres generaux, & à definir & ordonner les heures pour chanter les
Offices Divins, & pour le reſte des exercices ſpirituels de
l'Ordre. Ils determinent la qualité de Prieurs, & non
d'Abbez pour tous les Superieurs de l'Ordre, ſuivant l'u-
ſage ancien de l'Ordre de Sainte-Croix, ou des Croiſiers,
dans lequel on n'y trouve que l'uſage de Prieurs, ou de
Grands-Prieurs, ou Archimandrittes, qui eſt la même

choſe. La pieté, la devotion, ny la regularité ne man-
quent point pour lors dans le petit Monaſtere de Clair-
lieu : mais il y manque dequoy ſe nourrir, & aſſez de
bâtimens pour ſe loger, car le Bien-heureux Theodore
pour faire ſubſiſter ſa Reforme & ſa Reſtauration, l'a-
voit bâtie ſur la pauvreté Evangelique, en ſe dépoüillant
de toutes autres poſſeſſions que celles qui provien-

droient des aumônes & des liberalitez des gens de bien.
L'Evéque du Liege en leur donnant l'Eglise de Saint
Thibaut ne leur avoit point donné de rentes ny des revenus, à cause qu'il se trouvoit fort endetté pour les affaires de ses Etats, disent Alberic & la Gaule-Chrétienne:
mais comme il alloit souvent à Huy les visiter, il leur
faisoit quelques presens en forme d'aumône. Et comme
il ne pût jamais accomplir le bon dessein qu'il avoit de
leur faire rebâtir & augmenter leur Monastere, il char-
gea par son Testament Jean de Appia de Florines son
Successeur de le faire, disent les mêmes Autheurs.
Dieu neanmoins qui a soin des oiseaux & des poissons,
ne manqua pas de pourvoir à ces Saints Religieux, en
suscitant quantité de personnes devotes & pieuses, qui
leur donnerent des Domaines & des Heritages qui
commencerent à renter ce Monastere. Nous avons lieu
d'admirer en cela la difference qui est entre les maximes de Dieu, & les maximes de la politique du monde:
car les bonnes maximes du monde sont de ne commencer point de Maison, ny de Famille, ny de Republiques, qu'en faisant plûtôt toute sorte de provisions, &
les maximes de Dieu au contraire, sont de renoncer à
toutes choses, même aux appuis des Roys & des Princes, en ne se reservant que la seule confiance en Dieu,
pour bâtir des maisons telles que sont les Monasteres,
& des Republiques telles que sont les Ordres de Religieux. La suite du temps nous a bien fait voir qu'il n'y
a point eü de presomption dans la conduite du Bien-
heureux Theodore, puisque Dieu a benit si avantageu-
sement son dessein, que cette Eglise de Saint Thibaut est devenuë un superbe Temple, & le petit Monastere de Clair-lieu est venu tres-fleurissant, & l'Orde Sainte-Croix qui a refleuri dans ce Monastere, s'est
étendu par tous les Royaumes d'Occident, avec de

pendance de ce Monastere, comme de sa primace. Le Bien-heureux Theodore a mis en dépost le veritable esprit de Religieux de Sainte-Croix, qu'il a reçeu du Ciel dans ce Monastere, d'où tous les Religieux de l'Ordre doivent le puiser : & les Religieux de ce Monastere doivent le communiquer aux autres par une obligation étroitte, annexée au droit de primace de leur Monastere.

CHAPITRE DIXIE'ME.

Le Bien-heureux Theodore passe deux-ans en retraitte : il reçoit des Novices, il retourne Prêcher la Croisade, pour être le premier de l'Ordre de Sainte-Croix, Origine des Croisades, & des Ordres Croisez. Sainte Marie d'Oigniez luy apparoit.

LE Bien-heureux Theodore passe cette fois icy presque deux-ans en retraitte pour vacquer à la vie interieure, & pour former à la Regularité de nouveaux Religieux qu'il avoit reçûs dans l'Ordre : mais ayant appris l'année mille deux-cent-treize, que le Comte de Tolose fauteur des Albigeois, avoit mis sur pied une Armée de cent-mille-hommes pour faire triompher l'heresie, & anneantir les Catholiques ; il sort de sa retraitte, & retourne Prêcher la Croisade avec une partie de ses Religieux par la Province du Liege & Païs voisins, continüant les fonctions de Vice-legat, que l'Evêque d'Usez Legat luy avoit donné au Camp de Lavaur. Cette profession de Prêcher la Croisade est tres-conforme à l'ancien Institut de l'Ordre de Sainte-Croix, ou des Croisiers qu'il renouvelle, qui a pour une de ses fins de Prêcher l'Adoration de la Croix, contre

1214.

ceux qui

ceux qui s'oppofent à la reverence qu'on luy doit , & à
fouffrir le martyre s'il eft neceffaire pour la deffenfe de
cette verité ; car c'eft dans cette fin , difent l'un & l'autre
Maurolicus, Sabellic, Azorius dans fes Morales , Rodericus dans fes queftions regulieres, & l'Autheur du fup-
plément , que Saint Clete Pape établit & fonda l'Ordre
de Sainte-Croix, ou des Croifiers dans Rome & dans
Jerufalem en l'année quatre-vingts, un du premier Siecle , pour s'oppofer au herefies de Menandre, de Cerin-
thus , de Bafilides, & de Dion le Thianée difciples de
Simon le Magicien, qui au rapport de Saint Epiphane
& de Baronius, foûtenoient que la Croix ne meritoit aucune adoration. Sainte Helene Imperatrice & Saint
Quiriace reformerent & rétablirent l'Ordre de Sainte-
Croix, ou des Croifiers, dans le même efprit de Saint
Clete, pour Prêcher la Croix contre les Infidelles & Heretiques , & pour exhorter les Chrétiens à des petites
Croifades en forme de Pelerinage , pour aller en Jerufalem adorer la Sainte-Croix & le Saint Sepulchre ; ce qui
a été la fource des grandes Croifades , dit Mennius dans
fon Livre de Chevalerie. D'où il s'enfuit que l'Ordre
de Sainte-Croix étant averé & des Papes, & de tous les
Hiftoriens pour être un des plus anciens de l'Eglife , &
le premier de tous qui ait porté de Croix fur les habits,
& qui ait trouvé l'invention de donner la Croix aux Pelerins de la Terre-Sainte, qu'il eft l'origine & la fource des
Croifades & des Ordres Croifez. Si Saint Pacôme qui
avoit fept mille Religieux leur fit prendre la Croix fur
l'habit, ce fût pour s'affocier à l'Ordre de Sainte-Croix,
qu'il voyoit refleurir avec beaucoup de Sainteté dans l'E-
glife du Saint Sepulchre. L'Ordre des Chevaliers Dorez
fondez par l'Empereur Conftantin , dit Gregoire Rives,
& tous les Ordres qui font venus enfuite portans la
Croix, l'ont prife à l'imitation de celuy de Sainte-Croix,

F

qui pour cela porte feul de tous, le tître d'Ordre de la
Croix, ou des Croifiers ; mais les autres y ajoûtent des
differences pour fe diftinguer. Il n'y a point d'Hiftorien
qui puiffe établir une Hiftoire contraire, fans donner un
defaveu aux Bulles d'Alexandre III. & de Pie V. & à
une infinité d'Hiftoriens, & fans fe rendre coûpable
d'injuftice à l'égard de l'Ordre de Sainte-Croix, qui

Chron. comme Chef des Croifades, doit détruire l'Empire du
Ord. min. grand Turc, felon une des Propheties de Saint François
& barra- de Paule.
das in ep.
D. Pauli.   Suivant donc ce premier efprit de l'Ordre de Sainte-
Croix, le Bien-heureux Theodore de Celles Prêche
l'adoration de la Croix & la Croifade par la Province du
1213.   Liege, cette année mille deux-cent-treize contre l'herefie des Albigeois, pour envoyer des Recruës de Soldats
Croifez contre la puiffante Armée du Comte de Tolofe.
Cependant qu'il eft ainfi occupé à Prêcher, il arrive que
dans le mois de Juin, Sainte Marie d'Oigniez fa grande
Amie & fa Propheteffe vint à mourir ; fon adieu de ce
monde l'affligea plus que fa mort, ne doutant pas qu'elle
ne fût dans la gloire, dont il en reçût bien-tôt l'éclaircif-
fement ; car Sainte Marie luy apparut dans peu de jours
pour luy dire qu'elle étoit en Paradis, & pour le confirmer dans l'entreprife de fa Reforme, & dans la commiffion de Prêcher contre les Albigeois, qu'elle luy avoit
revelée il y a quatre-ans de la part de Dieu. Elle s'apparut à d'autres Saints Perfonnages, ainfi que rapporte
le Bien-heureux Jacques de Vitry fon Confeffeur dans
fa Vie, car il affure qu'elle s'apparut à tous fes particuliers amis. Le Bien-heureux Theodore & fes Religieux
redoublerent tellement leur ferveur à prêcher contre
les Albigeois, & à prier pour leur converfion, qu'il envoya des Recruës de Nobleffe & d'autres perfonnes de
Liege & d'Allemagne au Comte de Montfort, qui étoit

avec peu de gens dans la ville de Muret, bien qu'auparavant il eût eü des Armées de quatre-vingts-mille hommes. Ce Comte General de la Croisade ayant receu
ces Recruës avec le peu de Soldats qui luy restoient, fit
quinze-cent hommes, qu'il fit Confesser & Communier
par le Conseil de Saint Dominique, & la veille de l'Exaltation de Sainte-Croix il fit une si brusque sortie sur l'Armée de cent mille hommes du Comte de Tolose, qu'il
la mit en déroute, tua le Roy d'Arragon, qui avoit défait
en Espagne une Armée de cent-mille-hommes du Mira-
molin venu d'Affrique, & blessa le Comte de Foix. Dieu
n'a pas revelé aux merites de quel Saint il a accordé cette
si fameuse victoire du Comte de Montfort, & de la petite Armée de la Croisade, qu'on peut appeller un grand
Miracle : mais je croy que châcun y a part, & que le
Bien-heureux Theodore y a part de deux façons, & par
le secours des Soldats Croisez qu'il y a envoyez, par
ses merites & par ses prieres, puisque Dieu luy avoit fait
reveler sa Mission contre les Albigeois par Sainte Marie
d'Oigniez : la circonstance de la veille de l'Exaltation
de Sainte-Croix témoigne assez que le Bien-heureux
Theodore Restaurateur de l'Ordre de Sainte-Croix, y a
bonne part. Et son apparition ensuite, étant encore vivant, dans l'Eglise de Saint Lambert, pour demander à
Dieu la délivrance du Liege, est une marque de son
grand merite devant Dieu, pour être exaucé dans ses
prieres en faveur du Comte de Montfort & de son
Armée.

CHAPITRE ONZIE'ME.

L'apparition du Bien-heureux Theodore étant encore en vie dans
l'Eglise de Saint Lambert. Il Prêche la Croisade pour la
Terre-Sainte. Il fait exempter son Ordre de l'Ordinaire
par le Legat du Pape.

A Prés que le Bien-heureux Theodore eût appris la
défaite des Albigeois à la Bataille de Muret la veille
de l'Exaltation de Sainte-Croix, il retourna avec ses
Religieux qui l'accompagnoient à sa solitude de Clair-
lieu pour y faire les fonctions de Religieux, & pour
vacquer mieux à la contemplation & meditation. Cependant voilà le Duc de Brabant mécontent de Hugues
de Pierre-pont Evêque & Prince du Liege, qui dans le
mois suivant d'Octobre de la même année mille deux-
cent-treize, se jette avec une puissante Armée sur les
Terres du Liege ; il n'épargne ny l'innocent ny le cou-
pable, ny le jeune ny le vieux ; ce qui mit tellement
dans l'étonnement le peuple, que la plûpart songeoient
à la fuite, plûtôt qu'à prendre les Armes pour la def-
fense de la patrie. Le Bien-heureux Theodore & ses
Religieux se mirent à faire des prieres extraordinaires
pour la délivrance de la Province du Liege. Leurs prieres furent tellement agreables à Dieu, que Dieu fit connoître par un Miracle à Abbatule Prêtre & Sacristain de
Saint Lambert, que c'étoit le Bien-heureux Theodore
& ses Religieux qui étoient les seuls exaucez pour ce
sujet. Ce Sacristain qui étoit un Ecclesiastique fort devot s'étoit retiré dans ce trouble, pour passer la nuit en
prieres dans l'Eglise de Saint Lambert Cathedrale de

1213.

Liege : il alluma les Cierges & les Lampes qui font à
l'entour du Maufolée de Saint Lambert. Cependant
qu'il continuë fa priere fur l'heure de minuit, il voit
entrer par la Porte qui regarde le midy cinq Chanoines Reguliers en habit de Chœur, ce qui ne manqua pas
de luy donner quelque furprife; après s'être bien affuré
des Portes de l'Eglife. Ces cinq Religieux marchent en
ordre de Proceffion avec gravité, & avec beaucoup de
modeftie, & fe rangent autour du Maufolée de Saint
Lambert. L'étonnement dans lequel Abbatule étoit,
ne luy laiffoit pas une entiere liberté de regarder fixe-
ment ces Religieux pour les reconnoître ; outre
que la lumiere de la nuit n'eft pas favorable pour cela,
mais ces Saints Religieux firent bien connoître ceux
qu'ils étoient par cette belle Antienne de la Croix :
O Crux fplendidior cunctis aftris, &c. qu'ils chanterent
en plein-chant fort devotement. Alors le Saint Prêtre
Abbatule connut que c'étoit le Bien-heureux Theodore
de Celles & fes quatre premiers Religieux qu'il avoit
vûs, les uns Chanoines Capitulaires, & les autres honoraires dans cette même Eglife ; & fans ofer les interroger
il les vit retirer avec le même ordre qu'ils étoient entrez.
Cette apparition, ou vifion, fit connoître à Abbatule
que le Bien-heureux Theodore & fes quatre premiers
Religieux font des Saints : mais la nouvelle qu'il apprit
bien-tôt, que le Duc de Brabant s'étoit retiré du Liege
avec fes Troupes, honteux de fa propre violence, luy
fit connoître que c'étoit par les feules prieres du Bien-
heureux Theodore & des Religieux de Sainte-Croix.
Depuis cette vifion le Prêtre Abbatule alloit voir fouvent les Religieux de Sainte-Croix à Huy, aufquels il
faifoit recit la larme à l'œil de cette apparition, qui eft
ainfi rapportée dans les Archives du Monaftere de Huy,
dans la Chronique de l'Ordre, & par Maflepeau dans

F 3

l'abbregé de la vie du Bien-heureux Theodore. C'eſt cette viſion, ou apparition, qui a fait mettre la Reſtauration de l'Ordre de Sainte-Croix à Huy cette année icy à Gregoire Braun Doyen de Cologne, dans la deſcription de Huy au Livre des Citez du Liege, bien qu'elle eût commencé auparavant.

Le Pape Innocent III. ayant appris la défaite des Albigeois, auſſi-bien que le Bien-heureux Theodore, dans la croyance qu'ils ne remuroient plus, bien qu'il fût trompé en cela, envoya au commencement de l'année ſuivante, mille deux-cent-quatorze Hugolin Cardinal ſon neveu Legat en Allemagne & Liege, annoncer une nouvelle Croiſade pour donner du ſecours aux Chrétiens qui tenoient encore quelques Ville dans la Terre-Sainte. Ce Legat n'obtint pas grand choſe des Princes d'Allemagne, d'autant qu'ils étoient tous en Armes pour conſerver châcun ſes Eſtats parmy les divers partis de Frederic II. Roy de Sicile, & d'un autre Othon de Saxe excommuniez par le Pape, tous deux Competiteurs de l'Empire : il ſe tourna donc vers les gens d'Egliſe, il donne pour cét effet un Bref du Pape au Doyen de Spire rapporté dans les Annales de Ciſteaux, & il envoye un Mandement au Bien-heureux Theodore de Celles & à ſes Religieux pour Prêcher cette nouvelle Croiſade. Le Bien-eureux Theodore obeïſſant alla par la Campagne avec une partie de ſes Religieux Prêcher cette Croiſade : & aprés avoir Prêché pendant quelques mois, il fût prendre ſes quatre premiers Religieux qui étoient comme les quatre Definiteurs Generaux, & alla demander au Legat de les rendre eux & leur Ordre Immediats au Saint Siege, & de les exempter de l'Ordinaire. Le Legat accorde leur demande, & pour plus ample confirmation il les renvoye au Pape ſon oncle, auprés duquel il promet de les ſervir, & au Concile ge-

1214.

Annal. Ciſter. ann. 1214

neral qui eſt convoqué à Latran à Rome l'année ſuivan-
te ; ce qui a fait croire à Aubert Mirée de Bruxelles dans Chronicon ord. S. Cru an. 1114.
ſon Hiſtoire des Ordres, que l'Ordre de Sainte-Croix
n'avoit commencé à Huy que cette année mille deux-
cent-quatorze, que le Legat les rendit Immediats au
Saint Siege, bien-que par mégarde, ou l'Imprimeur
par erreur ait mis mille deux-cent-ſeize : mais l'erreur
paroît en ce que le Concile de Latran avoit uni toutes
les Congregations de l'Ordre de Sainte-Croix en un
Corps d'Ordre ſoûs le Bien-heureux Theodore avant
l'année mille deux-cent-ſeize, par des Bulles qu'Henry
de Gueldres Evêque du Liege & Commiſſaire Apoſtoli-
que verifia trente-deux-ans aprés ; ce qui convainc ma-
nifeſtement d'erreur Mireus en ſa Chronologie, & tous
les autres Hiſtoriens, qui mettent la Reforme & Reſtauration de l'Ordre de Sainte-Croix en Liege par le B.
Theodore en autre année qu'en l'année mille deux-cent
onze ſoûs l'authorité de l'Evêque du Liege, & l'année
mille deux-cent-quatorze ſoûs l'authorité du Legat du
Pape, & en l'année mille deux-cent-quinze ſoûs l'authorité du Pape Innocent III. Le B. Theodore aprés
avoir obtenu du Legat cette exemption, retourna continuër de Prêcher cette nouvelle Croiſade pour la Terre-
Sainte. Il Prêchoit dans un eſprit d'humilité & de penitence ; car outre ce que ſon zele pouvoit luy inſpirer de
faire de ſon mouvement, il avoit dans le ſouvenir l'exemple d'Henry de Soüillac, de qui il avoit reçû la premiere
fois il y a prés de vingt-cinq ans la Croix, & l'exemple de
pluſieurs autres Cardinaux, qui au rapport de Platine &
de l'Annaliſte de Ciſteaux Prêchoient la Croiſade nuds
pieds, & en demandant l'Aumône. Il ne falloit pas autre Livre au Bien-heureux Theodore, ny à ſes Religieux pour fournir à tant de Predications que la Croix
qu'ils portoient, & qu'ils donnoient aux Chrétiens qui

s'enroloient dans la Croifade. Cette Croix leur fervoit de
Bible : auffi eft-elle capable de fournir autant de difcours
& de matiere, que tous les faints Peres de l'Eglife, en la
confiderant felon tous les myfteres qu'elle renferme en
foy, ou qui ont été operez fur elle, ou par elle. Le Bien-
heureux Theodore & fes Religieux donnent des Croix
rouges & blanches, pareilles à celle de l'Ordre, à ceux
qui s'enroloient dans la Croifade; en leur reprefentant l'o-
bligation à vivre dans la pureté reprefentée par le blanc,
& l'obligation à mourir pour la defenfe de la Foy reprefentée par le rouge. Tellement qu'on eut vû des Regi-
mens entiers de Croifade, portans la Croix de l'Ordre
de Sainte-Croix. Neanmoins la marche de cette Armée
de la Croifade, fut retardée par les Guerres de ces deux
Competiteurs à l'Empire, car aucun Prince n'ofoit abandonner fes Etats, & on ne la verra marcher que trois ans
après, fous le Pontificat d'Honoré troifiéme Pape, & fous
le commandement du Cardinal Colomna.

    Le Bien-heureux Theodore ne s'applique pas nean-
moins tellement à la Predication de la Croifade au dehors, qu'il n'aille de temps en temps prêcher d'autres
Croifades à fes Religieux au dedans de fon Monaftere de
Clair-lieu, qui font la mortification des Sens, la Penitence & l'Humilité de la Croix : C'eft dans l'humilité de
la Croix, difoit-il, que les Croifiers doivent chercher
leur gloire. Et fe fervant des paroles de Saint Auguftin,
S. Aug- il difoit qu'il étoit facile de fe glorifier en la Sageffe de
fuper mihi Nôtre Seigneur, en fa Puiffance, & en fes Miracles;
abfit glor. Mais qu'il étoit difficile de fe glorifier en l'humilité de fa
Croix, & c'eft là où l'Apôtre Saint Paul vouloit feule-
ment fe glorifier. Cependant le temps de l'indiction du
Concile de Latran, en l'année mille deux cens quinze
1215. étant arrivée, le Bien-heureux Theodore dit adieu à
fes Religieux, aprés leur avoir fait toutes les recommandations

dations qu'un faint Superieur peut faire à des Religieux vertueux tels qu'il les avoit; & en leur donnant fa benediction de pere, il part pour Rome avec un ou deux Compagnons, fuivant fon Protecteur le Cardinal Hugolin Legat, que nous verrons un jour Pape foûs le nom de Gregoire IX.

CHAPITRE DOUZIE'ME.

Le Bien-heureux Theodore va au Concile de Latran, où il eft fait General univerfel de tout l'Ordre de Sainte-Croix, uni en un feul. Le Pape confirma l'année fuivante cette union.

IL ne reftoit au Bien-heureux Theodore qu'à vifiter les Saints Lieux de Rome, aprés avoir vifité ceux de Jerufalem. Il part de Huy dans cette veuë, & dans le deffein de faire confirmer au Pape fa Reforme & fa Reftauration. Il entre dans Rome comme dans un Sanctuaire, fermant les yeux à toutes les curiofitez mondaines, pour n'y contempler que les triomphes de Saint Clete Pape martyr, Fondateur de l'Ordre de Sainte-Croix, & de tant d'autres martyrs qui ont empourpré de leur fang les ruës de cette grande Ville. Et aprés s'être entretenû en efprit avec les Saints qui font au Ciel, il eût un comble de joye de parler aux Saints qui étoient fur la Terre, comme au Bien-heureux Foulques Evêque de Tolofe, & à Saint Dominique & autres Saints qu'il avoit vû en Languedoc : mais il eût en même-temps le déplaifir d'y voir le Comte de Tolofe & le Comte de Foix, pour y defendre le party des Albigeois. Il entra dans le Concile compofé de deux-mille-deux-

G

cent douze Evêques, Abbés ou Prieurs : Il eût son rang
parmy les Prieurs ; & à la fin il fût presenté au Pape par
le Cardinal Hugolin son neveu, & Legat en Allemagne
& Liege, qui rendit témoignage au Pape de sa vertu &
de la Sainteté de vie de ses Religieux, & de leurs em-
plois à prêcher la Croisade. Ce Cardinal representa au
Pape la Congregation de Reforme qu'ils faisoient de
l'Ordre de Sainte-Croix, que l'Evêque du Liege, &
luy ensuite en qualité de Legat, avoient approuvée, dont
ils luy en demandoient derechef l'approbation &
confirmation. Le Pape voyant que dans l'Ordre de
Sainte-Croix, ou des Croisiers, il y avoit six Congregations, & tout autant de Generaux particuliers, dont
la premiere étoit celle des anciens Croisiers qui restoient
en Grece & dans l'Eglise Grecque. La seconde celle
qui s'étoit formée en Italie par les Croisiers deputez de
Jerusalem pour accompagner Pierre l'Hermite, pour
demander au Pape Urbain II. cette celebre Croisade,
qui fût faite sous la conduite de Godefroy de Boüillon,
laquelle Congregation avoit été beaucoup augmentée
de Maisons & de Privileges, par Alexandre III. Pape,
pour s'être refugié chez-eux en qualité de Pelerin lors-
qu'il étoit persecuté. La troisiéme étoit celle de Mortare en Lombardie, établie sous le Pape Gregoire VII.
La quatriéme celle de Conimbre en Portugal, établie
sous le Pape Innocent II. La cinquiéme celle des Croisiers de Nôtre Dame des Allemans, ou des Teutoniques,
établie par le pieux Henry Valpot sous le Pape Clement
III. laquelle passa de Syrie en Pologne & Prusse. Et la
sixiéme est presentement celle du Bien-heureux Theodore de Celles dans le Liege. Il songea de reduire toutes ces Congregations qui n'étoient que tout autant de
Reformes particulieres, en un seul Corps d'Ordre, &
qu'il n'y eût qu'un seul General qui commandât à tout.

Et pour cét effet il fit cette union de toutes ces Congregations en un seul Corps d'Ordre, & crea le Bien-heureux Theodore General universel de tout l'Ordre de
Sainte-Croix, ou des Croisiers, & son Monastere de
Huy pareillement Chef, Fontaine & Primace de tout
l'Ordre de Sainte-Croix. C'est ainsi que les Bulles de
cette union parlent, dont Henry de Gueldres Evéque
du Liege, Commissaire Apostolique en fit la verification
trente-deux-ans aprés par Sentence de l'année mille
deux-cent quarante-sept, sur ce que les Croisiers d'Italie voulurent contester au Monastere de Clair-lieu de
Huy, ce droit de Primace, & l'élection du General de
l'Ordre. Voicy les termes exprés de cette Sentence.
Nous étant deuëment informez de l'Approbation & Confirma-
tion des Croisiers soûs le titre de Sainte-Croix par certains
Indults Apostoliques, dans lesquels vous êtes appellez Fontaine
& Chef de tout l'Ordre des Croisiers dans vôtre Eglise de Clair- De sald.
lieu, joignant nôtre ville de Huy, qui est de la dependance de Decemb.
nôtre Dioceze du Liege ; & connoissant que vous êtes authorisez 1247:
par le Saint Siege Apostolique, &c. Et depuis cette union
au Concile de Latran, le Bien-heureux Theodore &
ses Successeurs ont pris la qualité de Generaux de tout
l'Ordre des Croisiers, ou de Sainte-Croix : & le Bien-
heureux Theodore a merité depuis ce temps-là le titre
de Restaurateur de l'Ordre de Sainte-Croix, pour l'a-
voir reformé & augmenté. C'est cette Restauration si
celebre de l'Ordre de Sainte-Croix, dont parlent diver-
sement tant d'Historiens, comme le Livre des premieres definitions de l'Ordre : la Chronique de l'Ordre, le
grand Registre des Chroniques, le Supplement, Sabellic, Nauclere, l'Evêque Sponde dans la continuation
de Baronius, l'Ocean des Religions, & le Pere Marc
Antoine Boldu, qui disent tous que le Pape innocent III.
repara l'Ordre de Sainte-Croix, ou des Croisiers dans

le Concile de Latran. Et Opomecrius à caufe de cela
a crû que le Pape Innocent avoit trouvé cét Ordre perdu & anneanti, & qu'il l'avoit mis fur pied, bien qu'il
n'a fait qu'unir toutes les Congregations en un feul Ordre foûs un même General. Il eft veritable que le Pape
ordonna cette grande union, mais il n'étoit pas facile
de l'accomplir d'abord ; le Pape en laiffa l'execution en
partie à la fage conduite du Bien-heureux Theodore.
Il n'étoit pas poffible que le Bien-heureux Theodore
pût aller rouler par tant de Royaumes pour s'acquerir des
Sujets peut-être involontaires ; Il s'addreffa pour un
commencement à la feconde Congregation des Croifiers, paffez de Jerufalem en Italie foûs Urbain II. am-
plifiez par Alexandre III. Ils s'affujettiffent à luy, & le
reconnoiffent, dit la Chronique de l'Ordre, pour leur
General : il alla vifiter leurs Monafteres, où ils faifoient leurs fonctions de Cœnobites en qualité de Chanoines Reguliers, & leurs Hôpitaux qu'ils tenoient en
qualité d'Hôpitaliers pour les Pelerins des faints Lieux ;
il y met tous les reglemens & le meilleur ordre que Dieu
luy infpire, tâchant de fe faire aymer comme pere, fuivant le commandement de S. Auguftin, plûtôt qu'à fe
faire craindre. Cét employ le retint dans l'Italie prefque
tout le refte de cette année mille deux-cent-quinze,
d'où avant de partir pour retourner au Liege, il fût derechef à Rome demander au Pape Innocent III. la Confirmation de l'Ordre foûs cette union en un feul Corps
d'Ordre. Le Pape preffé d'autres affaires promit de le
faire l'année fuivante, & le Bien-heureux Theodore
s'en retourna au Liege. L'année fuivante le Pape confirma l'Ordre de Sainte-Croix (*Proprio motu*) par une infpiration fecrette de Dieu, le jour de l'Invention de
Sainte-Croix. Certains Autheurs difent qu'il conçût ce
mouvement pendant la Meffe, lorfque le Chœur chan-

Confirm.
Ord. ann.
1216.

toit ce Verfet de la Profe de la Croix ; *La Religion de la Croix n'eft pas inventée de nouveau , non plus que les Sacremens.* L'Evêque du Liege Henry de Gueldres verifia cette Confirmation , ainfi que nous avons déjà dit. Nauclere comme bien informé , dit clairement que le Pape Innocent III. repara l'Ordre de Sainte-Croix au Concile de Latran , & qu'il le confirma l'année fuivante. Et comme fi un Ordre n'avoit commencement que lors qu'il eft confirmé ; Daviti dans fon Hiftoire du monde, Bzovius dans fes Annales, Miræus, & plufieurs autres Autheuts, mettent le commencement de l'Ordre de Sainte-Croix au temps de cette Confirmation par Innocent III. Mais parce que fous Innocent IV. l'Ordre changea l'habit de deffous qui étoit noir à façon de Sottane en habit blanc, & qu'ayant pris un Breviaire & un Miffel particulier, & des Conftitutions où Statuts, outre la Regle de Saint Auguftin, il fallut faire confirmer derechef l'Ordre dans ce changement, Chopin dans fon Monafticon, Polidore Virgille, plufieurs autres Autheurs, & des Religieux même de l'Ordre, font tombez dans cette erreur contre les propres termes de la Sentence de verification des Bulles d'approbation & de confirmation d'Innocent III. qu'ils rapportent eux-mêmes, de mettre en écrit que l'Ordre de Sainte-Croix n'a commencé qu'au Concile de Lyon fous Innocent IV. en l'année mille deux-cent quarante-huit. Leur erreur eft d'autant plus vifible, que la Bulle de la feconde Confirmation par Innocent IV. eft contr'eux, en ce que le Pape dit qu'il reconnoit que l'Ordre Canonial de Sainte-Croix a été cy-devant legitimement inftitué par fes predeceffeurs dans le Monaftere de Clair-lieu à Huy dans le Liége.

CHAPITRE TREIZIE'ME.

Le Bien-heureux Theodore étant de retour de Rome à Huy, en-
voye de ses Religieux à la Terre-Sainte avec la Croisade,
il va fonder le Monastere de Tolose. Le Miracle de trois
Croix en Vestphalie pendant que ses Religieux y Prêchent.

L E Bien-heureux Theodore étant de retour du Concile de Latran à son Monastere de Clair-lieu à Huy;
Le Pape Innocent III. après avoir confirmé l'Ordre de
Sainte-Croix dans l'union de toutes ses Congregations,
& la qualité de General universel au Bien-heureux
Theodore, & le droit de primace à son Monastere de
Huy, mourut à Peruse au mois de Juillet de l'année
mille deux-cent-seize. Sa mort laissa imparfaite l'union
de toutes les Congregations de l'Ordre de Sainte-Croix
sous le Bien-heureux Theodore. Honoré III. luy suc-
ceda dans la Papauté, & dans le dessein de la Croisade
qu'il avoit fait annoncer en Allemagne, il y a deux ans,
par le Cardinal Hugolin, pour ne discontinuër pas un si
saint Ouvrage envoye de nouveaux Legats Cardinaux en
Allemagne & Liege, qui donnerent de nouvelles Commissions au Bien-heureux Theodore pour continuër de
prêcher cette Croisade. Le Bien-heureux Theodore s'y
employe avec une Troupe de ses Religieux pendant
toute l'année mille deux-cent dix-sept, avec tant de zele
& de ferveur, que l'Armée de la Croisade qui partit l'année suivante sous le commandement du Cardinal Colomna General, & des Ducs d'Austriche, de Saxe & de
Brabant ses Lieutenans Generaux, fut trouvée composée de quatre-vingts dix-mille Combattans. Le Bien-

1216.

E O

heureux Theodore qui brûloit d'un faint defir de fouffrir
le martyre, eût bien fouhaitté d'en aller chercher une
feconde fois les occafions à Jerufalem : mais la charge de
General d'un Ordre, nouvellement receuë du Pape Innocent III. l'appelloit à perfectionner fes Religieux dans
la pieté & dans la Sainteté. Il voulut pourtant qu'une
troupe de fes Religieux, tant du Liege que des anciens
d'Italie qui luy avoient été affujettis, accompagnaffent
cette fainte Armée de la Croifade, afin de maintenir les
Soldats dans la perfeverance de ce zele qu'ils leur avoient
infpiré, qui eft de marcher à cette Guerre fainte dans
un efprit de penitence & de devotion, & de fe confide-
rer comme un Armée de martyrs de Jefus-Chrît, qui
alloient pour defendre fon Eglife, & mourir pour fon
fervice. Et afin que les Soldats ne perdiffent pas dans le
chemin de fi bons fentimens, les Religieux de Sainte-
Croix faifoient les Offices en Communauté toutes les
fois que l'Armée campoit, ils leur faifoient des Predications, & les Confeffoient & Communioient à la Meffe.
Ces bons Religieux arriverent avec l'Armée en Afie,
où les Chrétiens firent des conquêtes merveilleufes :
ils pafferent de là à Damiete dans l'Egypte pendant
quinze mois de Siege, d'où ils revindrent en Chaldée
affieger Babylone, les Soldats par leurs Armes, & les
Religieux de Sainte-Croix par leurs prieres : mais Cor-
dire Sultan fils de Saladin amufa les Chrétiens par des
propofitions de paix, jufques à ce que le Nil par fes innondations accoûtumées fubmergea les uns dans le
Camp, la rage de fes Soldats noyant cependant le refte
dans leur Sang. C'eft-là où les Religieux du B. Theodore
fouffrirent le martyre : Dieu ayant mieux eftimé les rendre la grande Babylone de ce Monde, par une mort
heureufe, que de Babylone de Chaldée. Le Bien-heureux Theodore offrit à Dieu en cette rencontre fes en-

chron. ord.
1218.

fans aifnés, fuivant que Dieu l'avoit commandé par la
Loy de Moyfe : & facrifia à Dieu devant Babylone fes
Réligieux, avec la méme foy qu'Abraham fon Ifaac fur le
Mont Moria, qui eft le méme que la Montagne du Calvaire. La réputation de la Sainteté des Réligieux de
Sainte-Croix à Huy, alloit fi loin, que de tous côtez
il venoit des Novices au Bien-heureux Theodore; ce.
qui l'obligea à partir de Huy la méme année mille deux
cens dix-huit, avec une troupe de Réligieux pour aller
à Touloufe Précher contre les Albigeois, & y fonder un
Monaftere. Il donne cependant en partant des Miffions
a d'autres Réligieux, pour aller faire d'autres établiffemens par la Province du Liege & Provinces voifines.
Etant arrivé à Touloufe, il trouve que les Tolofains
avoient rétably leur Comte, & chaffé les Catholiques qu'il trouva au Camp de la Croifade avec le Bien-
heureux Foulques leur Evêque, & avec le Cardinal
Bertrand Legat, tandis que le Comte de Mont-Fort af-
fiegeoit la Ville. On ne fçauroit pas exprimer la joye interieure, qu'eurent l'Evêque de Touloufe & le Bien-
heureux Theodore à leur entre-veüe, aprés avoir été
auparavant compagnons de mille fouffrances, & prefque
du martyre tous deux dans Touloufe; & avoir été tous
deux compagnons de voyage au Liege, pour vifiter Sainte Marie d'Ogniés. Le Saint Evêque voulut aller dans
la Province précher la Croifade avec luy, pour jouyr à
loifir de fa fainte converfation.

Ils furent tous deux pour cét effet prendre Ordre du
Cardinal Bertrand Legat, qui les conftitua Vicelegats,
ce qu'avoit auparavant fait l'Euêque d'Ufez. Legat, lors
qu'ils allerent enfemble il y a huit ans au Liege.

Outre les Memoires de l'Ordre qui nous font foy de
cela, nous avons Pierre de Valfernay témoin oculaire
dans la fin de fon Hiftoire qui le rapporte, mais avec
cette

cette erreur, qu'il a pris le B. Theodore pour le B.
Jacques de Vitry, Chanoine Regulier dans le Liege,
qu'il ne connoissoit non plus que Bien-heureux Theodore, que par ouïr dire; Car quand il parle du Bien-heu-
heureux Jacques de Vitry en d'autres endroits, il dit un
certain Maître Jacques de Vitry: & en cette rencontre
icy, il dit que le Cardinal Bertrand Legat donna Mandement pour aller Prêcher dans la Province à l'Evêque
de Toulouse & à Jacques de Vitry venu du Liege, aïant
pris le Bien-heureux Theodore pour Jacques de Vitry,
sur ce que le bruit courut dans le Camp qu'il étoit arrivé
du Liege quelque Chanoine Regulier de consideration,
que l'Evêque de Toulouse avoit embrassé comme d'une
ancienne connoissance. Et l'erreur de Pierre du Valsernay se découvre en ce que Jacques de Vitry étoit pour
lors dans la Syrie Evêque d'Acone ou de Ptolomaïs,
d'où il ne revint que deux-ans aprés, & que le Bien-
heureux Theodore étoit Chanoine Regulier avec habit
noir, & du Liege tout de même que Jacques de Vitry,
mais Pierre de Valsernay est excusable s'il a erré en la
personne, & non pas au fait, d'autant qu'étant Religieux
& Secretaire d'un Abbé de Cisteaux, il ne luy étoit pas
aisé comme à une personne libre & du monde, de s'en-
querir bien de toutes les circonstances des choses pour
faire une Histoire complete. Son Histoire n'est proprement que de memoires de Tablettes qu'on écrit en
abregé, & c'est dequoy se plaint le Chronologiste
des Evêques de Cahors, disant qu'il a été trop suc-
cint pour être beaucoup sincere dans ses expressions,
& nous avons sujet de nous plaindre de ce que sur la ressemblance d'habit & de païs, il prend le Bien-heureux
Theodore pour Jacques de Vitry. Pendant que le Bien-
heureux Theodore accompagné de ses Religieux prêche par la Province la Croisade avec l'Evêque de Tolo-

H

fe, le Comte de Montfort General de la Croifade affie-
geant Tolofe eft tué, & le Siege fût levé : neanmoins
les affaires des Heretiques n'en furent pas mieux, car
leurs alliez les abandonnerent, & la divifion fe mit parmy eux. L'Evêque étant de retour à Tolofe avec le
Bien-heureux Theodore, pour luy donner des marques
de l'eftime qu'il faifoit de luy, & du zele & de la pieté
du fes Religieux, il leur procura quelques maifons pour

Monaftere de Tolofe.
1219.

bâtir un Monaftere cette année mille deux-cent-dix-neuf
dans le Faux-bourg de Tolofe qu'on appelloit Barri-
romput, car on ne laiffoit point entrer pour lors l'Evêque
ny les Catholiques dans la Ville. Le Bien-heureux
Theodore bâtit donc cette année-là fon Monaftere de
Tolofe dans ce Faux-bourg par la conceffion de l'Evêque
& de Jourdain Abbé de Saint Sernin, qui étoient tous
bien-aifes en ce temps-là d'avoir des Religieux fi zelez
que ceux de Sainte-Croix, qui travaillaffent avec tant
de foin à la converfion des Diocefains de l'un, & des
Parroiffiens de l'autre. Ce qui eft plûtôt que ne dit le

Catel. hift.
langu.

fieur Catel, qui tombe luy-même en contradiction fur
fes memoires. Dieu benit tellement ce Monaftere pour
le temporel, qu'il devint Seigneur foncier quafi de tout
le Faux-bourg, & en luy changeant fon ancien nom, il
luy donna le fien de Sainte-Croix, ainfi qu'on voit par
des vieilles Affenfes : mais comme toutes chofes font
fujettes à des malheurs, il fut rafé fix-vingt-ans aprés
avec tout le Faux-bourg pour fortifier la Ville contre le
Roy d'Angleterre, qui furprit Jean Roy de France dans
l'oubly de la fin de la tréve qui étoit entr'eux, & les Religieux fe fonderent à leurs dépens dans la Ville à l'Ora-
toire de Saint Orens. Cette bénédiction temporellé eft
une preuve de la grande vertu & fainteté de vie qui étoit
parmy les Religieux de Sainte-Croix de Tolofe, dont
Alphonfe frere de Saint Loüis étant devenu par un Trai-

té de paix gendre du jeune Raymond Comte de Tolofe, qui n'avoit qu'une fille heritiere presomptive, fût tellement édifié qu'il dotta leur Monaftere, & en prit un nombre de Religieux, defquels il fit prefent à S. Loüis Roy de France fon frere quand il l'alla accompagner en fa Croifade de la Terre-fainte. Saint Loüis trouva tant de fatisfaction en la pieté des Religieux de Sainte-Croix, qu'il les appell'oit fes Religieux, & au retour de la Terre-fainte il les fonda dans Paris au Monaftere de Sainte-Croix ruë de la Bretonnerie.

Cependant que le Bien-heureux Theodore bâtit le Monaftere de Tolofe, fes Religieux à qui il avoit donné miffion avant de partir, précherent par l'Allemagne, & y firent d'autres établiffemens ; Et comme cette même année mille deux-cent-dix-neuf ils préchoient un jour au Bourg de Ledon Diocefe de Munfter dans la Vefphalie, Dieu confirma leurs Predications par le miracle de trois Crois d'une prodigieufe grandeur qui parurent en l'air, dont celle du milieu étoit rouge, & celles des deux côtez étoient blanches, & les blanches s'uniffoient fouvent, & fe perdoient dans la rouge ; ce qui reprefentoit vifiblement la Croix rouge & blanche de l'Ordre de Sainte-Croix, dont l'Arbre eft rouge, & le traverfier blanc foûs le rouge. On ne fçait pas au vray qui donna fujet à ce mirale, fi c'étoit pour confirmer la Predication de la Croix de ces Religieux, ou bien fi c'étoit pour condamner des libertins, qui pouvoient avoir raillé de la Croix rouge & blanche de l'Ordre. Bzovius dans fes Annales raporte la vifion de ces trois Croix, bien qu'il ne dit pas de quel Ordre étoient ces Predicateurs, pour ne s'en être pas apparemment enquis. Pendant que tout cêla fe paffe en Vefphalie, le Bien-heureux Theodore fe prepare pour s'en retourner de Tolofe au Liege.

1219.

H 2

CHAPITRE QUATORZIE'ME.

Le Bien-heureux Theodore s'en retourne de Tolose à Liege pour pour la seconde fois. Son esprit à mépriser les Benefices de Saint Augustin, sans y renoncer. A son arrivée l'Evêque du Liege se retire à Huy, où il meurt. Le Pape Gregoire IX. r'appelle à Rome le Bien-heureux Theodore pour le renvoyer à Tolose, où il assiste à un Concile, & puis s'en retourne à Liege.

LE Bien-heureux Theodore ne pouvoit abandonner Tolose qu'avec regret , voyant la multitude des ames qu'il dégageoit de l'erreur par ses Predications. Mais il se souvenoit qu'il avoit deux Missions à faire , dont l'une étoit dans son Cloître , & l'autre dans le Champ commun de l'Eglise. Après donc avoir passé deux années, ou plus, cette seconde fois à Tolose , il prit congé du Bien-heureux Foulques , & dit adieu à ses Religieux , en leur recommandant la perfection & le salut de l'ame des Tolosains, & s'en retourne au Liege, où il trouve de retour d'Acone en Syrie son amy le Bien-heureux Jacques de Vitry qui en étoit Evêque. Après quelque année de solitude & de retraitte , il tient Chapitre general , qui est son second depuis l'union de l'Ordre , là-où assisterent les anciens Croisiers d'Italie : entre plusieurs autres choses qui y furent definies , fût que l'Ordre s'abstiendroit volontairement dés Benefices de Saint Augustin par un esprit de perfection , sans pourtant y renoncer. Lequel esprit l'Ordre a gardé depuis, ainsi que remarque le Nazaréen Evangelique, qui dit qu'il y a du côté d'Allemagne des Congregations de Chanoines

Anno 1222.

Reguliers qui ont abandonné volontairement les Benefices de Saint Augustin pour plus grande perfection.
L'experience du fait nous confirme cette verité , car
l'Ordre de Sainte-Croix ne tient que tres-peu de Benefices unis ; ce qui est une des causes que l'Ordre s'est mieux
maintenu depuis tant de temps en regularité , mais d'autre part c'est la cause qu'il ne s'est pas tant peuplé qu'il
auroit fait en ce temps-là qu'on faisoit des unions ; car ne
faisant pas profession de mandier , il n'étoit pas facile de
faire beaucoup d'établissement , à moins de trouver de
riches Fondateurs, qui sont ordinairement rares. Et si le
Monastere de Tolose a mandié pendant un temps , ce
n'a été que par Bulle expresse de Paul V. Pape ; pour se
relever d'un grand Incendie qui l'avoit brûlé , & ensuite d'un nouveau pillage par les Huguenots aprés qu'il
fût rebâti ; Cette Bulle fût fulminée par l'Official de Tolose , sans avoir égard aux oppositions des quatre Mandians & de leurs adherans. Mais comme l'Ordre n'a pas
renoncé au droit de prendre des Benefices de S. Augustin, quand il voudra , comme étant du nombre des Chanoines Reguliers, les Religieux particuliers prennent
toutes sorte de Collations, Resignations, ou Impetra-
tions: mais aussi c'est une maxime commune dans l'Ordre
de considerer ces Religieux à peu-prés comme la femme
de Lot , & de crainte qu'ils ne luy deviennent tout-à-fait
semblables en insensibilité , sans mouvement & sans
action, les Superieur sleur donnent souvent la permission
la larme à l'œil. C'est la réponse qu'a fait en ma presence
le Reverendissime Pere Lambert FERON General de
l'Ordre à un Religieux qui luy demandoit permission
pour une Cure, à dessein disoit-il, de procurer un nouveau établissement à l'Ordre : Et en effet, on voit par
experience que les Religieux qui sont aux Cures & aux
Benefices ne sont pas meilleurs qu'ils étoient dans le

Bulle Pauli V. an. 1540.

H 3

Cloître ; & on peut dire qu'ils sont plus dans le danger
de reprendre leur propre volonté, & de transgresser le
Vœu de pauvreté qu'ils n'étoient dans le Cloître : Et
comme le Bien-heureux Theodore a méprisé les Benefices, il a voulu aussi que les Prieurez de l'Ordre ne fussent pas de Benefices, mais de simples administrations
qui ne sont pas comprises dans le Concordat de Leon X.

Bulla
Eug. 4.
& Sixt.4
Pendant que le Bien-heureux Theodore s'applique
ainsi à inspirer la perfection à ses Religieux, l'Heresie
des Albigeois tomba fort en ruine par la mort du vieux
Raymond Comte de Tolose qui mourut dans l'Excommunication Papale, laissant cette seule merveille qu'on
voit encore d'avoir sa tête sans suture, & d'avoir au crane
de l'occiput, une Fleur de lys de la hauteur de trois
doigts naturellement imprimée, pour signe que la Maison de France luy succederoit, & Saint Dominique qui
avoit prêché contre luy mourut ensuite à Bologne la
Grasse.

Chron. ord
cum utra-
que gallia
Christiana
& chron.
Episc. leod
Hugues de Pierre-pont Evêque du Liege qui consideroit le Bien-heureux Theodore comme son Pere spirituel, le voyant presentement de retour à Huy, en esperance de ne le perdre plus, pour jouyr plus à loisir de
sa direction, obtint du Chapitre de Saint Lambert & des
Etats de la Province, que Jean de Appia de Florines son
neveu seroit son Coadjuteur, sur qui il se déchargea des
affaires publiques, & se retira à son Château de Huy.
Ce pieux Evêque étoit toûjours en retraitte & dans les
exercices de devotion avec le Bien-heureux Theodore
& avec ses Religieux, tellement qu'on peut dire qu'il
étoit par desir & d'affection Religieux de Sainte Croix.
C'étoit aussi par la direction des Religieux de Sainte-
Croix qu'il renonça à cét esprit du monde, dont les
Chronologistes le blâment dans son commencement.
Il prefera leur sainte conversation à son propre Evêché,

& à l'éclat de fa Cour de Prince qu'il laiſſa à ſon neveu,
& à l'Archevéché de Rheims premiere Pairie de France,
que les Chanoines & le Roy de France luy preſenterent
quand il fût pourvû de ce Coadjuteur. Cét Evéque &
Prince ne croyoit plus perdre le Bien-heureux Theodore : mais il arrive qu'aprés la mort d'Honoré III. le Cardinal Hugolin qui avoit exempté l'Ordre avant le Con- *Chron. ord*
cile de Latran, étant fait Pape ſoûs le nom de Gregoire
IX. le luy ravira bien-tôt, car ce Pape projette d'abord
deux Croiſades, l'une pour le recouvrement de la Terre-
ſainte, & l'autre contre les Heretiques Albigeois qui
s'étoient fortifiez dans la ville d'Avignon, appartenant
pour lors au Comte de Toloſe. Pour annoncer ces
deux Croiſades il envoye deux Cardinaux Legats, à ſçavoir Guillaume en Allemagne pour abſoudre Frederic *Guill. de*
II. Empereur, & le faire marcher à la tête d'une Croi- *Podio*
ſade vers Jeruſalem, & Romain vers Loüis VIII. Roy *laur. hiſt.*
de France, pour le prier de marcher à la tête d'une autre *Albig.*
Croiſade contre les Albigeois retranchez dans Avignon: *Gaguin*
mais d'autant qu'il faut à même-temps des Predicateurs *lib. 7 hiſt.*
pour convertir les Heretiques Albigeois, il mande par *Franc.*
le Cardinal Guillaume au Bien-heureux Theodore &
au Bien-heureux Jacques de Vitry Evêque d'Acone, ou
Ptolomaïs, revenu au Liege de ſe rendre à Rome; ce
que ces deux Saints Perſonnages firent en l'année mille
deux-cent-vingt-huit, ſans s'excuſer ſur leur âge, ny ſur
les fatigues d'un ſi long chemin. Eſtant arrivez à Rome,
le Pape Gregoire crea Cardinal & ſecond Legat contre
les Albigeois le Bien-heureux Jacques de Vitry, & le
Bien heureux Theodore qui avoit la Charge de General d'Ordre, qui ne permettoit qu'on luy offrit ny qu'il
acceptât d'autre Charge, il le fit Vicelegat pour retourner prêcher contre les Albigeois. A leur arrivée de Rome en Provence au mois d'Août mille deux-cent vingt- 1228.

huit, ils s'arréterent dans Avignon, qu'ils trouverent pris d'Amblée par le fecours du Roy de France, qui mourut à Monpenfier en s'en retournant, aprés avoir laiffé la Ville foûs le commandement d'Almaric fils du deffunt Comte de Montfort. La prife d'Avignon redui-fit à la paix & à la foy Raymond le jeune Comte de To-lofe, qui alla à Paris avec Romain Cardinal, où il abjura l'Herefie, figna la Paix avec le Roy Saint Loüis, affifté de la Reyne blanche Regente fa mere, & fiança fa Fille unique heritiere prefomptive avec Alphonfe frere de Saint Loüis.

Guill. de Pod. lau. Arnald. Vio. hift. Albig. Andoque & Caffel.

Le Bien-heureux Theodore & le Bien-heureux Jac-ques de Vitry précherent dans Avignon, où ils con-vertirent quantité d'Heretiques Albigeois, jufques au mois de Decembre qu'ils fe rendirent à Tolofe, où Ro-main Cardinal & premier Legat étant de retour de Paris avec le Comte de Tolofe convoqua un Concile pour y publier cette Paix, & y abfoudre le Comte de Tolofe. Le Bien-heureux Theodore affifta à ce Concile avec quantité d'autres Abbez & Prieurs à fuite des Evéques qui étoient en grand nombre dont on ne fçait pas le nom, d'autant que les Originaux fe font perdus: mais non pas la Copie, qui eft enregiftrée dans le Livre blanc de l'Hôtel de Ville de Tolofe, où le Greffier pour faire plus court, ne fait mention expreffe que de Ro-main Cardinal Legat Prefidant, & des Archevéques d'Auch & de Narbonne, & de deux Capitouls de Tolo-fe, & en termes generaux de quantité d'autres Evéques, Abbez, Prieurs, Senéchaux & Barons. Dans ce Con-cile on n'accordat l'Abfolution aux Heretiques Albigeois convertis, qu'à condition de porter deux Croix de drap fur leurs habits, & que les refufans fe-roient tenus pour Heretiques, & leurs Biens confifquez, ce que le Pere Bajole dans fon Hiftoire facrée de

Guyenne

Guyenne attribuë à S. Loüis, pour avoir été fait foûs fon
Regne, car il étoit à Paris, & en minorité, mais c'eft de
l'infpiration de ce Concile ; & s'il nous étoit permis d'interpreter, nous pourrions dire que le Bien-heureux
Theodore infpira cette penfée au Concile, d'autant que
toutes fes penfées fe terminoient à quelque chofe là-où
l'adoration de la Croix eût quelque part ; mais comme
cela nous eft caché, nous ne l'affurons pas. Dans ce même
Concile on donna publiquement l'abfolution de l'Herefie au Comte de Tolofe en prefence d'une fi illuftre Affemblée, & pour fa penitence d'avoir caufé tant de de-
fordres dans l'Eglife, ainfi que Bertrand & autres Hiftoriens rapportent, on le fit partir vers le mois de Mars de
l'année mille deux-cent-vingt-neuf en Pelerinage à
Jerufalem pieds-nuds, fans pourpoint, ayant fur fa che-
mife une Croix de drap de couleur.

Ann.
1629.

Le Concile fini, Romain & Jacques de Vitry Cardinaux allerent tenir un autre Concile à Orange, & enfuite
ils fe retirerent à Rome. Le Bien-heureux Theodore de
Celles au contraire refte dans Tolofe en qualité de Vicelegat, prefque pendant toute cette année mille deux-cent
vingt-neuf, affez occupé avec fes Religieux à recevoir
l'abjuration des Heretiques, & à leur faire porter des
Croix fur leurs habits, fuivant les Decrets du Concile.
Tellement que c'étoit une merveille de voir les Tolofains porter quafi tous des Croix fur leurs habits, & la
plûpart celle de l'Ordre de Sainte-Croix pendant toute
leur vie ; ce que l'Evêque de Tournay vint confirmer
trois ans aprés dans un autre Concile en qualité de Legat,
de laquelle rigueur le Pape Innocent IV. ne voulut difpenfer que ceux qui voudroient faire le Pelerinage de
Jerufalem. Pendant que le Bien-heureux Theodore
eft occupé dans ce Saint Miniftere, fes Religieux de Huy
luy mandent que l'Evêque & Prince du Liege Hugues

I

de Pierre pont eſt mort le Jeudy-Saint de cette même
année dans ſon Château entre leurs mains dont Alberic
& la Gaule-Chrétienne conviennent avec la Chronique
de l'Ordre. Il leur laiſſa cette conſolation, d'être mort
dans un veritable eſprit de penitence & de pieté : Et aprés
avoir laiſſé ſeptante-deux-mille marcs d'argent en legs
pies, il ordonne par ſon Teſtament à ſon Succeſſeur &
Heritier Jean de Appia de Florines, de faire bâtir aux
Religieux de Sainte-Croix de Huy un plus ample Monaſtere que celuy qu'ils avoient.

Les nouvelles de la mort de cét Evéque retirerent pour
un peu de temps le Bien-heureux Theodore des Chaires
publiques de Toloſe : Il les annonce à l'Evêque de Toloſe & à l'Evêque de Tournay qui étoit alors à Toloſe ; & à
même temps il ordonna des Prieres publiques par-tout
ſon Ordre, comme pour un grand Bien-facteur. Cette
mort de ſon Evêque & de ſon ancien Collegue le fait ſouvenir que le temps de la ſienne approche. Il dit adieu au
peuple de Toloſe, qu'il recommande à ſes Religieux ;
il dit adieu au Bien-heureux Foulques Evêque de Toloſe, avec qui il avoit contracté une ſainte amitié : & en
donnant ſa derniere benediction à ſes Religieux il part
de Toloſe pour la derniere fois avec l'Evêque de Tournay ſur la fin de l'année deux-cent vingt-neuf, & ſe
retira au Liege.

CHAPITRE QUINZIE'ME.

L'Evêque du Liege fait rebâtir & augmenter le Monaſtere de Huy. Les Toloſains ſe revoltent contre la Croix. Le Bien-heureux Theodore au contraire tient Chapitre General, là-où on ordonne des Cultes particuliers pour la Croix. Il Prêche enſuite une autre Croiſade.

LE Bien-heureux Theodore aprés être arrivé de Toloſe à Huy, & s'être rejoüy ſpirituellement avec ſes Religieux, fût rendre viſite au nouvel Evêque & Prince du Liege, qui ſatisfaiſant à la pieuſe intention de Hugues de Pierre-pont ſon Oncle & ſon Predeceſſeur, fit abbattre le vieux Bâtiment, & fit faire un nouveau Cloître & de nouveaux Dortoirs au Monaſtere de Clair-lieu. De la maniere que le Bien-heureux Theodore voulut, & à même-temps il exempta ce Monaſtere de toutes Tailles, Subſides, & autres Taxes par ſes Patentes authentiques, que les Empereurs ont confirmées. Le Bien-heureux Theodore étoit neceſſaire dans ſon Ordre pour en procurer l'avancement ; mais il eût auſſi été bien neceſſaire dans Toloſe, pour maintenir ce peuple par ſes Predications dans l'obeïſſance des Ordres de l'Egliſe. Peut-être qu'il n'en ſeroit pas venu à cette revolte de ceſſer de porter leurs Croix. Le déplaiſir de cette rebellion arrivée en l'année mille deux-cent trente-un, accompagna au Tombeau l'année ſuivante le Bien-heureux Foulques Evêque de Toloſe : Et ſa mort, & le ſujet de ſon déplaiſir porterent leur pointe juſques dans le cœur du Bien-heureux Theodore à Huy. Toloſe eſt quaſi abandonnée voyant ce deſordre. Son peuple eſt er-

Chron. ord & Chron. Ep. Leod.

Anne 1231.

I 2

rant comme un troupeau fans Pafteur, tous fes anciens
Predicateurs & Miffionnaires font morts, il n'en refte
plus que le Bien-heureux Theodore de Celles, qui fe
prepare luy-même à la mort. L'Archevêque de Narbonne en qualité de Metropolitain pour lors de Tolofe,
convoque tous les Evêques de fa Province pour prevenir les fuites de cette rebellion ; on depute au Pape Gregoire IX. l'Evêque de Carcaffonne pour luy en donner
avis. Le Pape envoye une commiffion de Legat à l'E-
vêque de Tournay, qui retourne à Tolofe tenir un autre
Concile en mille deux-cent trente-trois, où il confirma
les Decrets du precedent, & fit reprendre aux Tolofains
leurs Croix pour penitence d'avoir embraffé l'herefie des
Albigeois, de laquelle penitence le Pape Innocent IV.
permit à l'Archevêque d'Auch de leur changer en Péle-
rinages de Jerufalem.

Pendant que toutes ces chofes fe paffent à Tolofe, le
Bien heureux Theodore tint Chapitre general, qui eft
fon troifiéme depuis l'union, auquel affifterent derechef
les Croifiers d'Italie ; car les frequentes commiffions à
prêcher la Croifade en Languedoc l'empécherent d'en
tenir plus fouvent. Il fit faire plufieurs deffinitions dans
ce Chapitre general concernant la Regularité, l'Etat &
Police de l'Ordre. On y confirma l'adoration particuliere que l'Ordre rendroit aux Croix : La Confecration
de toutes les Eglifes de l'Ordre à l'honneur de la Croix.
La dédication du Vendredy, le Jeûne & l'Office à ce jour
à l'honneur de la Croix. Toutes ces deffinitions & autres
par luy faites ont été inferées, ainfi que rapporte la Chronique de l'Ordre dans les Statuts dudit Ordre, qu'on fit
confirmer douze-ans aprés fa mort par le Pape Innocent
IV. Auffi c'eft le Vendredy particulierement que les
Religieux de l'Ordre fe renouvellent comme des Aigles
par la penitence dans les Chapitres, en difant leurs coul-

pes aux pieds des Prieurs, & en prenant des penitences de leurs mains. C'étoit aussi le Vendredy que le Bien-heureux Theodore faisoit des penitences extraordinaires, pour donner l'exemple le premier à ses Religieux, & pour se rendre Juge plus équitable pour corriger leurs fautes : Et comme tous les Superieurs en qualité de Peres Spirituels, doivent le Pain spirituel à leurs inferieurs ; c'étoit particulierement le Vendredy que le Bien-heureux Theodore les nourrissoit du Pain spirituel de la Parole de Dieu, leur expliquant les Mysteres que la Croix represente ou r'enferme en elle-même, avec des paroles si touchantes, & avec une ferveur si extraordinaire, qu'il attiroit les larmes aux yeux de ses Religieux, & qu'il en tomboit luy-même en extase, dit la Chronique de l'Ordre.

L'amour du Bien-heureux Theodore pour la Croix de Nôtre-Seigneur étoit si grande, que Dieu en voulut faire faire des épreuves comme celle de S. Pierre, il luy envoya plusieurs fois pendant sa vie des occasions pour la prêcher parmy la faim & la soif, le froid & le chaud, & parmy mille fatigues & incommoditez du temps, du chemin, ou des personnes ; & parmy mille dangers d'être battu, assommé, & martyrisé des Infidelles ou des Heretiques. Et pour une derniere épreuve avant sa mort, il fait que le Pape Gregoire IX. son ancien Protecteur luy mande de prêcher une nouvelle Croisade contre le Sultan d'Egypte, qui étant lassé de la guerre des Chrétiens, luy avoit demandé la paix. Le Bien-heureux Theodore tout cassé de vieillesse, fût avec une troupe de ses Religieux prêcher cette Croisade par le Liege & les Provinces voisines : Et comme ils n'étoient pas suffisans d'aller par tous les Royaumes voisins, le Pape donna de pareilles commissions aux Religieux de S. François, dont les uns & les autres furent cause que plusieurs Grands-Seigneurs &

I 3

Princes firent une Armée de Croisade qui passa dans la
Palestine pour porter la Guerre sainte au Sultan, au lieu
de la paix qu'il demandoit. Aprés la marche de cette
Armée de Soldats Croisez qui alloient en la Terre-sainte, le Bien-heureux Theodore retourne à sa Retraitte
ordinaire attendant l'heure de sa mort, dont il a des pre-
sentimens. Il exhorte ses Religieux à aimer leur vocation
de Religieux de la Croix, comme le moyen que Dieu
leur a donné pour leur predestination bien-heureuse;
leur disant qu'être Religieux de la Croix, n'est autre
chose que faire profession du martyre : c'est à dire que
suivant la premiere intention dans laquelle Saint Clete &
Sainte Heleine ont fondé & rétably l'Ordre, les Religieux de Sainte-Croix doivent être toûjours prests à
souffrir le martyre pour la défense de l'adoration de la
Croix. Et si nos premiers Peres de l'Ordre, dit-il, ont eu
tant de courage, que de soûtenir l'adoration de la Croix
sur les Eschaffauts sur les Chevalets, & dans les Tor-
tures dans un temps de guerre & de persecution ? Quelle
honte ne sera-ce pas à nous de ne la soûtenir pas dans
un temps de paix par l'humilité, par la mortification des
sens, & par la penitence ? Il leur recommande de mediter incessamment la Regle de S. Augustin, comme une
des plus parfaites de l'Eglise, puisqu'elle commande
la mortification du corps tout autant que la santé le peut
permettre, & la mortification de l'esprit dans toute l'é-
tenduë de la perfection.

CHAPITRE SEIZIE'ME.

Le Bien-heureux Theodore tombe malade. Il fait une Croix sur
chaque Religieux en luy donnant le dernier baiser de paix.
Il meurt le 17. Aoust 1236. & il est enterré à Huy.

LE Bien-heureux Theodore qui exhortoit ses Religieux, & tous les Chrétiens à se donner garde des
morts impenitentes, disant que c'étoit une chose funeste
de sortir de ce monde sans penitence, se garantit bien
luy-même de ce malheur, ayant fait une penitence aussi
longue que sa vie, afin que la mort ne le surprit jamais
sans penitence. La penitence l'avoit tellement mortifié,
qu'il sembloit que ses os sortoient hors de sa peau : Et une
fiévre ardante qui le saisit à la fin de ses jours le reduira
bien-tôt en poussiere. Son corps & ses forces se dimi-
nüent, mais son esprit se fortifie, & où plus il se desunit
du corps & de la terre, plus il s'éleve & s'unit à Dieu par
des especes de ravissemens. Et faisant comme la chan-
delle qui redouble ses flammes à la fin, il redouble à cette
heure ses ferveurs & ses desirs vers le Paradis : & comme
le Phœnix excite un nouveau feu du battement de ses
aîles quand il veut mourir, ce Bien-heureux Pere excite
à la fin de sa vie par ses paroles tant de feu de l'amour de
Dieu dans son cœur & dans celuy de ses Religieux, qu'il
en faudroit avoir autant que luy pour le bien comprendre, & pour en faire le recit. Aprés avoir reçû tous les
Sacremens, il préche à ses Religieux pour la derniere
fois dans le lit de la mort, qui est une Chaire de verité,
là où le bon ny le méchant ne peuvent pas trahir les
pensées bonnes ou mauvaises de leur cœur. Il leur dit le
dernier adieu par ces paroles.

Mes tres-chers Freres, & mes tres-chers Enfans en Iesus-Chrît (je vous appelleray ainsi, puisque je vous ay engendrez en luy par le moyen de sa Croix) me voicy prêt à mourir comme le reste des hommes? Il y a long-temps que je souhaittois de sortir de la prison de mon corps pour aller joüyr de mon Createur dans le Ciel? Ie meurs avec plaisir, puisque la mort des Chrétiens est un sacrifice agreable à Dieu? Vous qui restez encore sur terre, tâchez à vous si-bien comporter, que vôtre vie ne vous fasse pas honte à l'heure de vôtre mort? L'heure de la vôtre vous est incertaine, & moy je voit la mienne presente à mes yeux; La durée de la vie n'est pas égale à tous les hommes, & la longueur de la mienne ne vous servira pas de loy? Personne n'a pû encore prescrire de loix à la mort, ce qui doit obliger les hommes à se tenir toûjours prêts à mourir? Nous sommes tous appellez voyageurs, d'autant que nôtre vie n'est qu'un voyage d'un Sepulchre à un autre, du sein de la mere au sein de la terre? Souvenez-vous que je vous ay enseigné tout ce que Dieu m'a inspiré pour le salut de vos ames? Dieu veüille que vous en profitiez, & que l'oubly ne vous en rende pas coûpables? Si Dieu par sa grace me reçoit dans son Paradis je le prieray de benir tout l'Ordre, mais sur tout cette Maison, que je n'oublieray jamais. Le moment de nôtre separation corporelle approche; mais que la Croix unisse nos Esprits au Crucifié, & que dans ce desir je vous embrasse un châcun.

A ces dernieres paroles châque Religieux se jetta à genoux devant sa Couchette, où il les embrassa tous l'un aprés l'autre, en faisant un Signe de Croix sur eux avec le poûce, avant de leur donner le baiser de paix, dont il leur recommanda de faire participans les autres Religieux de l'Ordre. Et à la fin invoquant la grace de Dieu, les merites de la Passion de Nôtre-Seigneur par l'instrument de la Croix, l'intercession de la sainte Vierge son ancienne Avocate, & l'assistance de tous les Saints; Il éleva ses mains & ses yeux vers

le Ciel,

le Ciel , & mourût en rendant sa benîte ame à Dieu , le 17. *Août*
17. Août mille deux cens trente-six, sous le Pontificat de 1236.
Gregoire neuviéme Pape , & sous le Regne de Frederic
second Empereur , & sous celuy de Saint Loüis en France; âgé de quatre-vingt-ans, trente-deux-ans aprés le
commancement secret de son Ordre : vingt-huit aprés
le commancement public : & vingt-quatre aprés l'union
& Restauration de tout l'Ordre au Concile de Latran
sous Innocent troisiéme : ou en recevant la qualité de
General de tout l'Ordre , il a merité par ses soins & par
ses travaux celle de Restaurateur : & par sa grande vertu
& sainteté de vie , il merite celle de Bien-heureux.

Le bruit de sa mort fût d'abort répandu par toute la
Province ; il est generalement regreté de tous les gens
de bien. Les Religieux de l'Ordre des Maisons voisines
y accourent. Plusieurs Chanoines de Saint Lambert s'y
rendent , tant pour honorer sa vertu , qu'en memoire de
ce qu'il avoit été de leur Corps. Ses illustres Parans
luy rendirent leurs derniers devoirs. Le Peuple y fut
en foule , le considerant tous déja comme un Bien-heureux dans le Ciel : Ce qui a été depuis ce temps la croyance de tout l'Ordre , sur les fondemens alleguez dans le
Chapitre suivant.

K

CHAPITRE DIX-SEPTIE'ME.

Sur quels fondemens on établit le Titre de Bien-heureux qu'on donne à Theodore de Celles.

QUAND les Papes Beatifient quelque perfonne, ils ne donnent point la Beatitude à ceux qu'ils Beatifient : Mais ils declarent feulement, que telles perfonnes font en poffeffion de la gloire du Paradis, par leurs propres œuvres de furrogation, & par leurs propres merites appuyez fur ceux de Jefus-Chrît. Lors que les Papes font telle declaration en faveur de quelqu'un, ils ne fe trompent point du tout, d'autant qu'ils découvrent la verité, telle qu'elle eft dans le Ciel, avec infallibilité, difent plufieurs Theologiens; qui tiennent fufpects d'herefie ceux qui croyent le contraire. Dieu découvre fouvent cette même verité par une lumiere fecrete, mais extraordinaire & de privilege au peuple, & en ce cas on verifie que la voix du peuple eft la voix de Dieu.

C'eft ainfi que le peuple a declaré Saints, par un privilege du Ciel, & par une regle extraordinaire, beaucoup de Saints dans le commencement de l'Eglife; Et dans les derniers Siecles, le peuple a declaré Bien-heureux Saint Roch, avant même qu'on portat fa Statuë en Proceffion au Concile de Conftance; & Saint Pierre de Luxembourg en Avignon, malgré la refiftance des Legats du Pape. Ou bien Dieu découvre par un privilege cette verité, au feul Clergé d'un Dioceze, comme on dit que le feul Clergé du Liege a declaré Sainte, Marie d'Oigniez, dont on y fait l'Office au raport de Sauffay dans le Martyrologe François. Et pareillement Dieu découvre quelquefois cette même verité par privilege, à tout un Ordre de Religieux, comme à l'Ordre de Saint Dominique, la gloire de Louïs Bertrand, que cét Ordre a declaré Bien-heureux, & en a fait l'Office à ce que j'ay lû dans certains Autheurs, avant que les Papes l'eussent Beatifié, & ainsi de plusieurs autres de l'Ordre, a qui ils donnent le titre de Bien-heureux, aussi bien que l'Ordre de Cisteaux, & quasi tous les Ordres à certains Religieux qu'ils connoissent être dans la Gloire. C'est ainsi donc que l'Ordre de Sainte-Croix, par une voix commune depuis quatre cens quarante-quatre ans, que Theodore de Celles est mort, luy donne, le titre de Bien-heureux, & dans les discours, & dans les Livres, & dans les Tailles-douces, & sur des Tableaux là où il est representé avec des rayons à la tête, & avec cette inscription de Bien-heureux.

La Foy & la croyance de l'Ordre, est appuyée sur des preuves qui paroissent infaïllibles.

Premierement. L'entreprise de fonder une Congregation qui a plusieurs Provinces dans divers Royaumes; & qui par l'union du Pape Innocent troisiéme, de Congregation & de membre, est devenüe le Chef & le Corps de tout l'Ordre des Croisiers ou de Sainte-Croix, (ce qui luy a acquis le titre de Restaurateur de cét Ordre) est une marque d'un esprit Apostolique.

Secondement. Devant être au jour du Jugement un des Juges des Religieux de l'Ordre de Sainte-Croix, qui seront jugés par raport à sa vie; L'Ordre tire cette consequence, qu'il doit être plus parfait que tous les autres Religieux de son Ordre, & par consequent qu'il a obtenu la gloire par des merites extraordinaires. Sur ces deux raisons, ou pareilles, le Pere François de Saint Augustin Macedo Cordelier & Inquisiteur à Rome, par un Libelle qu'il a fait Imprimer dans Rome en l'année mille six cens soixante, a soûtenu qu'on pouvoit donner le Titre de Bien-heureux, à Felix de Valois, & à Jean de Matha, qui ont fondé l'Ordre de la Trinité.

Troisièmement. Cette grande lumiere, que voyoit de nuit Saint Lietbert Evêque à Huy, dans le même endroit là où le Bien-heureux a fondé la Restauration de l'Ordre, cent ans avant qu'il vint au Monde, est une figure, & un presage de sa Beatitude.

Quatrièmement. Son entreprise, à faire vivre en Communauté le fameux Chapitre de Saint Lambert du Liege, & dans leur abandon, de continüer la Communauté pendant quatre ans, avec quatre Chanoines ou Beneficiers, avec lesquels il a commancé la Restauration de l'Ordre, sont des signes d'une vertu qui éleve à la Beatitude.

Cinquièmement. La réponse du Saint Esprit, au raport du Cardinal de Vitry, dans la Vie de Sainte Marie d'Oignies, à un Bernardin d'Alne, que l'Annaliste de Cisteaux dit être un Frere Convers, qui croyant aux médisances du Peuple, qui apelloit Samaritains les Ecclesiastiques qui alloient consulter cette Sainte, dont Theodore de Celles en étoit un, est une Beatification du Ciel, qui a eu son effet à l'égard du Cardinal Jaques de Vitry, & de Foulques Evêque de Toulouse, à qui on donne le titre de Bien-heureux; & par consequent elle doit avoir son effet à l'égard de Theodore de Celles. Cette réponse du Saint Esprit, sont ces Parolles, *Ils seront trouvez constans dans la Foy, & pleins de bonnes œuvres.*

Sixièmement. Son zele infatigable à prêcher tant de Croisades, à convertir les Heretiques, & a procurer le salut des ames, a faire tant de voyages pour la cause de Dieu, avec le danger prochain du Martyre en Jerusalem, & à Toulouse, sont des signes d'une ame Beatifiée.

Septièmement. L'apparition receüe de Sainte Marie

d'Oigniez, qui aprés sa mort s'apparut à tous ses devots amis, au raport du Bien-heureux Jacques de Vitry, est une marque d'une Ame toute celeste.

Huitiémement. L'apparition de luy-méme avec ses quatre premiers Religieux, étans encore en vie, chantans l'Antienne de la Croix, *O Crux splendidior &c.* dans l'Eglise de Saint Lambert, en presence du Prêtre Abbatule Sacristain, sont des signes evidens d'une ame assez élevée dans la grace de Dieu, pour meriter aprés sa mort le titre de Bien-heureux.

Neuviémement. L'apparition de quatre Religieux Bien-heureux aprés sa mort, avec l'Apôtre Saint Mathias par trois fois au Comte de Miroda, pour luy faire fonder le Monastere de Saint Mathias au Duché de Juïlliers, fait presumer que Theodore de Celles est un de ces quatre Bien-heureux.

Dixiémement. La subsistance de sa restauration de l'Ordre, que Sainte Odilie Vierge & Martyre a pris sous sa protection par des apparitions & revelations authentiques, & d'où il est sorty quantité de Religieux morts avec des signes de Beatitude, est un Miracle continuel qui fait croire sa Beatitude.

Toutes ces raisons sont des fondemens legitimes, pour luy donner le titre de Bien-heureux, suivant le Libelle de ce Pere Cordelier Inquisiteur à Rome, d'autant mieux que le Pape Urbain par sa Bulle du vingt-troisiéme Mars mille six cens vingt-cinq, permet de continuër le titre de Bien-heureux, à ceux qu'on a accoûtumé de le donner de tout temps immemorial; Ce qu'on a accoûtumé de faire de tout temps immemorial au pieux Theodore de Celles. Et pour le moins l'Ordre peut luy donner ce titre de Bien-heureux, selon le Cardinal Bellarmin dans son Livre de la Beatification des Saints, pourvû que l'Ordre ne le donne qu'à son nom, & non pas au nom de tou-

K 3

te l'Eglife. Et fuivant cette Droctrine, tous Prêtres peuvent l'invoquer au *Memento* de la Meffe, pourvû qu'ils ne le faffent pas au nom de toute l'Eglife ! Et qui que ce foit peut luy faire des vœux, avec cette reftriction comme particuliers ; Suivant quoy je me vouë à luy, comme à mon Pere Spirituel, & Je luy voüe cette Hiftoire de fa vie, felon que j'ay peu la colliger, des Manufcrits anciens, Traditions, Chroniques de l'Ordre, Recüeils, Hiftoires & Annales. Declarant que je foûmets toute cette Hiftoire avec toutes ces parties, à la Cenfure de l'Eglife, & que je ne pretends pas luy donner le tître de Bien-heureux que conformément à l'intention de l'Eglife, & tout autant que la Conftitution d'Urbain huitiéme Pape cy-deffus citée, me le permet.

F. P. VERDUC Religieux
de Sainte-Croix fus-nommé.

ABREGE' HISTORIQUE
DE L'ANTIQUITE'
DE L'ORDRE
DE SAINTE-CROIX·

CHAPITRE PREMIER.

De l'Antiquité de l'Ordre de Sainte-Croix.

'AN quatre vingts-un du premier Siecle, quarante-huit ans aprés la mort de Nôtre Seigneur : du temps des Apôtres : vingt ans aprés la mort de St. Jean l'Evangeliste : du vivant de plusieurs des Disciples : sept ans aprés la destruction de Jerusalem par Tite & Vespasien : sous le Regne des mémes Empereurs : Saint CLETE, troisiéme Pape de l'Eglise, Coadjuteur de l'Apôtre Saint Pierre, & son second Successeur, Fils d'A Emile Senateur, Patrice de Rome, établit, fonda, & institua dans le Palais ou dans l'Hôtel de

fon Pere à Rome, à la Place des Patrices, & dans la
Ville de Jerufalem, *l'Ordre Canonial*, Militaire & Hofpitalier des Croifiers ou de Sainte-Croix. Il inftitua cet
Ordre en Titre de Canonial, c'eft à dire en titre de
Chanoines Reguliers, (ou de Clers Reguliers felon
l'ufage de ce temp-là) pour Prêcher l'Adoration de la
Croix & des Saints Lieux au Peuple, contre la Doctrine
des Infideles ou des Heretiques. En Titre de Militaires
pour donner la Croix aux Pelerins qui alloient de Rome
en Jerufalem, de la même maniere qu'on fait aux Croifades, qui ont pris leur origine de ces anciens Pelerinages,
ainfi que remarque Mennius dans fon Livre de Chevalerie, là où il dit, que Croifade ne veut dire autre chofe,
que Pelerinage du Saint Sepulchre, c'eft à dire profeffion du martyre, & c'eft pour cela que l'Eglife du Saint
Sepulchre s'apelloit par excellence *Martyrium*.

Les Religieux de Sainte-Croix conduifoient les Pelerins par le droit chemin tous en Compagnie, les entre-
tenant dans la pieté, dans la devotion, & dans cette forte refolution de fouffrir le martyre, s'il étoient attaquez
des Infidelles ou des Heretiques; & à caufe de cella ils
font appellez Militaires, fans porter les Armes, parce
qu'ils étoient les Chefs & les Directeurs de ces Milices
Saintes, ainfi que dépuis les Cardinaux & Legats des Papes, font apellés Generaux des Armées de la Croifade,
pour en être les Directeurs fans porter les Armes.

En dernier lieu le Pape inftitua en titre d'Hofpitaliers,
les Religieux de Sainte-Croix, d'autant qu'ils devoient
tenir des Hôpitaux le long de la route de ces pelerinages,
là où ils devoient nourrir & entretenir les Pelerins, des
Quêtes publiques qu'ils faifoient pour cét effet. Surquoy
il faut prendre garde, que ces pelerinages ne fe faifoient
pas à toute heure, ny en tout temps felon la fantaifie des
Pelerins: mais à temps reglez; car quand les Religieux
                                              de Sainte

de Sainte-Croix avoient fait leurs provifions dans leurs
Hôpitaux, ils venoient annoncer le pelerinage, en donnant la Croix aux Pelerins, & enfuite ils les faifoient
marcher comme de petits Seadrons, avec des Armes pour
fe défendre ou pour attaquer, pour défenfe de la Foy,
pour laquelle ils faifoient leurs pelerinages, tout de méme qu'on fait aux grandes Croifades, qui ont fuccedé à
ces petites, ainfi que Mennius & plufieurs autres avec
luy l'ont remarqué, & que la demonftration du fait en eft
affez claire.

Les Bulles qu'on peut voir dans le Bullaire & aïlleurs
d'Alexandre Troifiéme Pape, refugié dans les Cloîtres
& Hôpitaux de cet Ordre, lors qu'il fuyoit la perfecution
de l'Empereur Frederic Barbe-rouffe : celles de Clement
quatriéme, Alexandre fixiéme, Paul troifiéme, Paul
quatriéme, & Pie cinquiéme Papes, font foy de l'antiquité de l'Ordre de Sainte-Croix, & des fins & inten-
tions de fon Inftitution : Mais particulierement la Bulle
Nihil in Ecclefia de Pie cinquiéme, qui en parle en ces termes de fon propre mouvement. *Quondam enim hæc Regu-*
la à felicis recordationis Alexandro Papa tertio, juxta difcipli-
nam Beati Cleti inftituta, quandiu in veterum inftitutorum fuo-
rum obfervatione permanfit : ejus Profeffores cum integritate
vitæ, tum falubri Prioratuum Hofpitalium & locorum fuorum
directione bonorumque pia & fideli adminiftratione, egregijs
apud omnes laudibus merito floruerunt. C'eft à dire; *Cette Re-*
gle de l'Ordre de Sainte-Croix, établie jadis par Alexandre
troifiéme Pape d'heureufe memoire, conformement à l'Inftitution
faite par le Bien-heureux Saint Clete, tandis qu'elle a été bien
obfervée fuivant l'efprit de fes anciens Inftituteurs, les Reli-
gieux qui l'ont Profeffée en vivant bien, & en adminiftrant fi-
delement les revenus de leurs Prieurés, de leurs Hôpitaux & de
leurs Maifons, ont merité le louange de tout le Monde.

Ces Bulles juftifient affez authentiquement l'antiqui-

L

té de l'Ordre de Sainte-Croix, ou des Croifiers : Neanmoins nous avons outre cela une infinité d'Autheurs & d'Hiftoriens qui le raportent : Comme Philippe de Bergame dans le grand Regiftre des Croniques : l'Autheur du Supplément des Chroniques : Sabellic : Polidore Virgile, au Livre des inventions. Maurolicus dans l'Ocean des Religions : l'autre Maurolicus dans le Martyrologe à l'ufage du Romain : Le Pere Marc Antoine Bolduc Venitien. Mennius dans fon Livre de Chevalerie en parlant des Predeceffeurs de l'Ordre du Saint Sepulchre, dans le Saint Sepulchre, entend ceux de Sainte-Croix ou Croifiers ; Azorius dans fes Morales ; Rodericus dans fes Queftions regulieres ; La Biblioteque de Premonftré ; l'Evêque Sponde dans la continuation de Baronius ; La tradition de l'Ordre de Sainte-Croix ; fa Chronique, & un Manifefte du même Ordre en France, Imprimé & produit au Parlement & au Grand Confeil, contre le Cardinal de la Roche-foucaut, & contre les Religieux de Sainte Geneviéve, qui pretendoient les confondre comme des Brebis fans Pafteur, avec le refte des Chanoines de Saint Auguftin, établiffent comme une verité indubitable cette Antiquité de l'Ordre de Sainte-Croix. Il eft vray que les Religieux de Sainte-Croix font Chanoines Reguliers de Saint Auguftin, auffi bien que ceux de Sainte Geneviéve, & auffi anciens qu'eux, & que tous les autres Chanoines de Saint Auguftin, puis qu'ils font même Chanoines Reguliers avant faint Auguftin : de la même maniere que l'étoient ceux de faint Marc, de faint Jacques, & de faint Eufebe & autres. Et comme ceux-ey ont changé le Titre de leurs Autheurs en celuy de faint Auguftin, pour avoir feulement pris fa Regle ; L'Ordre de Sainte-Croix ou des Croifiers tout au contraire a gardé fon premier Titre de Croifiier ; & au lieu de changer, il a feulement ajouté à

Gabriel Pennot lib. xi. part. Cler. Canon.

ce Titre, le Titre de Chanoines Reguliers (ou de Clers
Reguliers de saint Augustin: comme on parloit en ce
temps-là:) Et s'est maintenu toûjours dans ce Titre
d'Ordre de Sainte-Croix, ayant outre la Regle de saint
Augustin, la Regle de saint Clete, dont parle Pie cinquiéme Pape, laquelle il a changée en des Constitutions
particulieres, qui la rendent plus austere que le reste des
Chanoines de saint Augustin. Voila pourquoy le reste
des Chanoines de saint Augustin ne peuvent pretendre
de le reformer, ny d'usurper aucune de ses Maisons, à
cause que châque Maison en particulier dépend de l'Ordre, & du General de l'Ordre, & du premier Monastere
de l'Ordre, qui a le droit de Primace sur châque Mona- *Bulle*
stere de l'Ordre, par les Statuts & Bulles des Papes, qui *Inn. 3. &*
apellent les autres Monasteres de l'Ordre, Membres de *Inn. 4.*
celuy de Clair-lieu à Huy.

CHAPITRE SECOND.

*Qu'elle fût l'occasion & le sujet de l'Institution de l'Ordre de
Sainte-Croix, ou des Croisiers.*

L'OCCASION & le sujet qui obligerent Saint Clete Pape à fonder l'Ordre des Croisiers, ou de Sainte Croix, fût un mouvement & Sainte inspiration de
Dieu, pour continüer le dessein de l'Apôtre Saint Pierre,
a soûtenir que la Croix, le Saint Sepulchre & les Saints
Lieux Sanctifiez par la Mort & Passion de nôtre Seigneur,
meritoient étre adorez contre l'Heresie & fausse Doctrine de Simon le Magicien, qui entre autres erreurs prêchoit, que la seule ombre de Nôtre Seigneur avoit été
Crucifiée, & que luy s'étoit évadé, & par consequent
la Croix (disoit-il) ne meritoit aucune adoration. Car

Saint Clete ayant veu, que Saint Pierre n'avoit pû reüſ-
ſir a mettre tout à fait abas cette Hereſie, par l'invention
de planter de grandes Croix, dans les ruës & places publiques des Villes, & le long des grands chemins, d'autant qu'on luy arrachoit toutes ces Croix : qu'aprés ſa
mort, Menander, Baſilides, & autres Diſciples de Simon
le Magicien, continuoient a prêcher cette Hereſie, leſquels Saint Paul apelle ennemis de la Croix, & Idolatres
Philipp. 3 de leur ventre, dont il avertit les Philippiens de n'écou-
tes pas leur Doctrine, dans l'Epître qu'il leur écrivit de
ſa Priſon de Rome, & dont Saint Ignace Martyr, avertit
auſſi le Peuple de Tralles & les mêmes Philippiens par
une autre Epître; ſonge de faire un Ordre de Religieux
à l'honneur de la Croix, qui porteroient la Croix ſur
eux, qui prêcheroient l'adoration qu'on luy doit & aux
Saints Lieux ſanctifiez par la Paſſion de Nôtre Seigneur.

    Son deſſein fût d'autant mieux trouvé bon, que de ſon
temps Cerintus, contre qui Saint Jean écrivit ſon Evangile, encheriſſant ſur ſon Maître, ſoûtenoit qu'en Jeſus-
Chrît il y avoit deux Perſonnes, Jeſus Perſonne Humaine, & Chrît Perſonne Divine, qui ſe retira lors qu'on
Crucifia Jeſus, diſoit-il, d'où il concluoit pareillement
par ſa ſuppoſition, que la Croix ne meritoit aucune adoration.

    Et d'une autre part Baſilides ne voulant plus prêcher
la Doctrine de ſon Maître, mais la ſienne, ſoûtenoit
que nôtre Seigneur s'étoit rendu inviſible lors qu'on voulut le faire mourir, & que trompant les Juifs, il leur laiſſa entre les mains Simon le Cyrenéen, qu'ils crucifie-
rent : & de là il tiroit une conſequence, qui le menoit à
même concluſion que tous les autres Heretiques, que la
Croix ne meritoit aucune adoration.

    Et ce qui confirma encore davantage Saint Clete, dans
la reſolution d'inſtituer un Ordre de Predicateurs de la

Croix, fût la Secte des Philosophes. Ceux-cy qui vou- *ego sum*
loient se rendre les Moderateurs de toute la Terre, ainsi *Pastor*
que remarque saint Augustin, en ne faisant profession *bonus.*
que de prudence, & de sagesse humaine, attiroient
quasi plus le Peuple à leur opinion, que non pas les Heretiques.

Les Chefs de ces Philosophes, étoient Apollon le Tya-
née : Demetrius le Cynique : Dion Bouche-d'or : Muso-
nius Babylonien : Epictete le Stoïcien : Diogene le jeûne : Seneque le Stoïcien, quelque bonne mine qu'il tint
à l'Apôtre Saint Paul, lors qu'il alloit le visiter en prison
dans Rome & plusieurs autres. Ces Philosophes croyans
que c'étoit de leur honneur & de leur devoir, de réfor-
mer les mœurs du peuple, & de s'opposer à cette nouvelle Doctrine, qu'un Dieu eut été Crucifié par les
Hommes, s'en allerent par les Provinces, comme s'ils
eussent fait des Missions, Préchans au Peuple que la Croix
qu'on leur faisoit adorer, n'étoit que pour les tromper, que
cette Croix n'étoit digne d'aucun honneur ny d'aucune
reverence, étant le Poteau infame dont on suppliçioit
les Criminels. Et pour condamner de folie la croyance
des Chrétiens, ils ne vouloient que le sens commun,
qui se trouve choqué, en disant qu'un Dieu ayt été Crucifié, d'autant disoient-ils, que cela choque la Majesté &
la Dignité d'un Dieu.

Mais l'Apôtre Saint Paul dans sa premiere Epître aux *Crux Iu-*
Corinthiens & ailleurs, répond à ces Philosophes, & *dæis scan-*
leur dit, que nous estimons une sagesse ce qu'ils condam- *dal. gent.*
nent de folie, d'Adorer Jesus-Chrît Crucifié & sa Croix. *aut. stuls.*
1. ad Cor.
Les Juifs d'autre part, dit l'Apôtre S. Paul, se scanda- *1.*
lisoient beaucoup, de ce que les Chrétiens les accusoient
d'avoir fait mourir le Fils de Dieu : Et les Croix que les
Chrétiens plantoient le long des chemins, leur étoient
de continuels reproches de leur parricide, tellement

qu'ils en arrachoient auſſi bien que les Heretiques & que
les Philoſophes, tout autant qu'ils en trouvoient. Mais
ſaint Clete pour faire tête à tant d'ennemis de la Croix
inanimée, leur oppoſa des Croix vivantes & parlan-
tes, en établiſſant l'Ordre de Sainte-Croix, dont les
Religieux porteroient la Croix & la précheroient.

Cette fonction des Religieux de Sainte-Croix, ou des
Croiſiers, a prêcher la Croix, fait clairement voir que
la Clericature eſt eſſentielle à leur Etat, & non pas ac-
ceſſoire. Et par conſequent, que dés le commancement
ils étoient Clers Reguliers, ou Chanoines Reguliers,
ainſi qu'ont remarqué Mennius & l'Autheur de la Biblio-
théque de Premonſtré, aprés d'autres Autheurs. Et ſi
Azorius dans ſes Morales a crû qu'ils étoient Laïques,
c'eſt qu'il les a conſiderez dans leur ſeconde fonction,
de Militaires; car il a crû qu'ils marchoient avec Armes,
comme des Compagnies de Chevaliers de Malthe, pour
ſcorter & défendre les Pelerins qui alloient en Jeruſalem: Mais nous avons cy-devant fait voir le contraire, &
montré qu'ils n'étoient Militaires que pour inſtruire
dans le culte de la Croix, & pour animer au martyre les
Pelerins de Jeruſalem, qui portoient eux même les Armes qui ne ſont pas contraires à leur état, marchans en
Scadrons de Milices Saintes, qui ont donné commancement aux Croiſades; Car il faut ſçavoir que les Pelerins de ce temps là, n'étoient pas ſeulement de pauvres
miſerables, comme ceux qu'on voit aujourd'huy, mais
que c'étoit des gens de la haute condition, auſſi-bien que
de petite, puis que nous voyons que les Confeſſeurs &
l'Egliſe ordonnoient ſouvent les pelerinages de la Terre-
Sainte pour penitence, même aux Grands-Seigneurs,
dont nous avons les exemples de ſaint Guillaume Duc de
Guyenne, & de Raymond Comte de Touloſe; & de
quantité de Seigneurs qui alloient pieds nuds, les uns

par penitence impofée & les autres , par penitence
volontaire , laquelle pratique a duré plufieurs Siecles ;
ce qui a donné lieu aux Seigneurs fonciers d'obliger
leurs Tenanciers ou Emphitheotes , à leur payer un
certain droit, quand ils alloient aux Pelerinages de la
Terre Sainte , anfi qu'on voit des vielles Afcenfes ou
Baïlletes.

D'autres qui n'ont confideré aux Religieux de Sainte-Croix dans leur commencement, que la fonction
d'Hopitaliers , à loger & entretenir les Pelerins des lieux
Saints dans leurs Hôpitaux , aux dépens des quêtes publiques qu'ils faifoient par les Provinces, ainfi que font
aujourd'huy ceux de Mont-Serrat, de Saint Jacques , &
de nôtre Dame de Lorette , les apellent feulement Hôpitaliers : Mais nous avons fait voir cy-devant, & le fairons voir encore cy-après, comme ce n'étoit que leur
derniere qualité, & qu'ils avoient les trois qualités de
Chanoines Reguliers , de Militaires & d'Hôpitaliers.

CHAPITRE TROISIE'ME.

De la premiere Restauration de l'Ordre de Sainte - Croix,
par Sainte Helene & Saint Quiriace.

L'ORDRE de Sainte-Croix, a d'autant plus éprouvé les infortunes du temps & les mal'heurs qu'aportent les révolutions des Siecles , qu'il a de l'antiquité , ce qu'à remarqué l'Evêque Sponde dans la continuation de Baronius.

S. Ignat.
ad Philip.
Interitum
enim sui
agnoscit
confessio-
nem esse
Crucis.

Le Diable qui avoit été vaincu par la Croix, qu'il regarde comme son fleau, ainsi que dit Saint Ignace le Martyr, suscita l'Emperur Domitien payen contre les Croisiers, qui en les persecutant & en les faisant Martyriser; interrompit leurs petites Croisades & Pelerinages , qu'ils n'osoient faire qu'en cachete & de nuit. Mais l'Empereur Adrien pour les empêcher aussi-bien la nuit que le jour, aprez qu'il eut fait rebâtir la Ville de Jerusalem sous le nom d'Ælia, fit dresser la Statuë de Iupiter sur le Saint - Sepulchre, & celle de Venus sur l'endroit où étoit enterrée la Croix de Nôtre Seigneur, afin que si les Religieux de Sainte-Croix & leurs Pelerins y venoient plus, on dit au Peuple qu'ils venoient adorer Iupiter & Venus. Cette invention diabolique fût le seul remede,

Euseb. an.
130.

pour couper chemin a toutes ces Croisades & Pelerinages; qui cesserent à la verité prez de deux cens ans, jusques à ce que Sainte Helene Imperatrice, & l'Empereur Constantin son fils redonnerent la liberté à l'Eglise, & aux Religieux de Sainte-Croix qui restoient en petit nombre dans les Deserts ou ailleurs, de reprendre leurs Pelerinages, leurs Croisades , & leurs Prdications de la Croix.

Cette

Cette Sainte Imperatrice, à la veuë des Religieux de Sainte-Croix qui se presenterent à elle selon l'un & l'autre Maurolicus, & selon l'Histoire du Pere Marc-Antoine Bolduc, ou par une inspiration Divine prit resolution de se faire monstrer la Croix de nôtre Seigneur, par gré ou par force aux Juifs qui l'avoient cachée.

Les Magistrats & les Docteurs de la Loy, pour éviter la colere de cette Imperatrice resolüe, & la ruïne de leur Ville, luy remirent en son pouvoir un certain Judas, disent la Legende Dorée, & l'Evêque Equilin, que l'Eveque Sponde fait Rabbin, c'est à dire Docteur de la Loy, comme étant de la famille de ceux qui avoient caché cette Croix qu'elle demandoit. Ce Rabbin Judas, aprez une prison de huit jours, & après les menaces de la mort, revela l'endroit ou étoit enterrée la Sainte-Croix, que Sainte Helene fit d'abord déterrer: & ayant veü les Malades & les morts que la Sainte-Croix guerit & resuscita sur le champ, declara à sainte Helene qu'il vouloit être Chrêtien. Saint Macaire Evêque de Jerusalem le batisa, & luy mit le nom de Quiriace, ainsi que dit Nicephore, tiré du nom Grec KYRIAKOS, qui en François veut dire Dominique, c'est à dire du Seigneur.

Mais comme tous les Autheurs ont voulu latiniser ce Nom Grec, par le même ordre des Consones & voyelles dont il est composé; les uns comme l'ancien Martyrologe composé par l'ordre de Charlemagne, les Martyrologes d'Usuard, du venerable Bede & d'Adon: Saint Grégoire de Tours, saint Antonin dans leurs Histoires, Philippe de Bergame dans ses Chroniques, le Supplement, Adricomius, les Chroniques & Breviaires de tout l'Ordre & de toutes les Congregations de l'Ordre de Sainte-Croix, ont tourné le *Cappa*, Lettre grecque du commencement du nom, par ces Lettres, *Qu*, & l'apellent Quiriace. Le Martyrologe Romain au contraire, le Cardi-

M

nal Baronius dans ſes Notes & dans ſes Annales, avec d'autres, tourné le *Cappa*, par, C, & l'apellent Cyriace: Laquelle difference de nom de Quiriace & de Cyriace, ne vient que de la difficulté a tourner en Latin une ſeule lettre grecque : Car tous enſemble conviennent de la perſonne, & ne different que du nom ſur une ſeule lettre, dont ils ne peuvent s'accorder.

Dés le moment que ce Rabbin Judas eut été baptiſé, Dieu le convertit comme un autre Saint Paul; & d'un Docteur de la Loy de Moyſe, il en fit un Docteur de la Loy de Jeſus-Chriſt; & d'un ennemy juré de la Croix, il en fit dans un moment un grand Predicateur de la Croix, au raport de l'Evéque Equilin, & de la Legende Dorée; & en un mot, il en fit un grand Saint, apellé Saint Quiriace ou Cyriace, dont l'Egliſe fait la Fête le quatriéme de May.

Sainte Helene conſiderant qu'on ne pouvoit mieux commettre la garde de la Sainte-Croix, qu'aux Religieux de la Croix, fit bâtir une Egliſe & un Monaſtere au tour du ſaint Sepulchre, qu'on apelloit *Martyrium*, qu'elle dotta pour l'entretien de douze Croiziers, au raport de Vincent de Beauvais, & leur baïlla pour Chef & Archimandrite, ou grand Prieur & General de tout l'Ordre, ſaint Quiriace, qu'elle reconnut tres ſçavant dans les Lettres, comme Docteur de la Loy de Moyſe, mais preſentement plus ſçavant, ayant comme reçû une ſcience infuſe en la Loy de Jeſus-Chriſt lors de ſon Batéme : & leur commit la garde de la Sainte-Croix : Et c'eſt pour cella qu'elle eſt appellée premiere Reſtauratrice de l'Ordre de Sainte-Croix, ou des Croiſiers, en l'année *Anno* trois cens vingt-ſix, aprés le celebre Concile de Nicée, 326. ſous ſaint Silveſtre Pape.

Sainte Helene ordonna aux Religieux de Sainte-Croix, qu'elle pouvoit appeller ſes Religieux, & eux

leur Mere, de prêcher aux Peuples l'adoration de la
Croix, & de les exhorter par les Provinces à venir en pelerinage à Jerusalem adorer la Sainte-Croix. Ce que les
Religieux firent avec tant de zele, qu'ils renouvellerent
les Pelerinages ou petites Croisades, ainsi que les apelle Mennius, autant qu'ils l'eussent jamais fait au commancement de l'Ordre, du temps de Saint Clete Pape.

Sainte Helene fut si ravie du zele des Religieux de
Sainte-Croix, & du concours de tant de personnes de
toute condition qui venoient à Jerusalem, des Païs même étrangers, suivant la premiere invention de S. Clete,
elle fonda de nouveau quantité d'Hôpitaux le long des
grands chemins, pour la retraite des Pelerins, ainsi que
rapporte Gregoire Rives dans sa Controverse Histori-
que, qui se trompe pourtant, en ce qu'il croit qu'elle est
la premiere qui a inventé les Hôpitaux pour les Pelerins,
puis que l'Histoire convient que c'est Saint Clete.

Et parce qu'il venoit même d'Angleterre d'où elle
étoit native : beaucoup de personnes en pelerinage ; elle fit faire un *Voyager* ou *Itineraire*, que Monsieur Pithou a
depuis fait imprimer, qui marquoit les routes depuis Angleterre par Bourdeaux, Agen, Toulouse, Aigues-Mor-
tes port de Mer, là où on s'embarquoit jusques à Jerusalem, d'où sont descendus les Voyages d'outre-mer des
Seigneurs de France, pour la seule cause de visiter les
saints Lieux, aussi bien que pour cause de la Guerre sainte, ainsi que j'ay lû dans de vieux Baux & Emphiteoti-
ques, pour lesquels ils exigeoient certaine Rente de
leurs Emphiteotes.

L'Ordre de Sainte Croix éclata tellement pour lors en
pieté & en sainteté, que l'Empereur Constantin, voulût donner des marques de l'estime qu'il en faisoit, ayant
fait transporter par les Evêques du Concile de Tyr, le
Siege Episcopal qui étoit dans le Temple de Jerusalem,

à l'Eglise du faint Sepulchre & Monaftere de Sainte-
Croix, d'où les Religieux furent faits Cathedraux, &

Hiſt. Eccl.
Euſebij
quelque temps aprés Patriarcaux, elifans de leur propre
Corps s'ils le trouvoient bon les Evéques ou Patriaches:
ainfi que dit Marin Sanuto. Et outre cela, il fonda un
Ordre de Chevaliers dorés pour la garde de fa Perfonne,
qui porteroient la Croix: qui quelque temps aprés prirent la Regle de faint Bafile, quand ceux de Sainte-
Croix prirent celle de faint Auguftin.

Et l'Abbé faint Paccme ainfi que nous avons deja
dit, animé par les Predications des Religieux de Sainte-
Croix, & voulant s'affocier à leur Ordre, fit prendre la
Croix fur l'habit à tous fes Religieux, felon le témoignage de Palladius dans fa Laufiaque.

Cette premiere Reftauration de l'Ordre de Sainte-
Croix, ou des Croifiers par fainte Helene, & par faint
Quiriace, & raportée par les mémes Autheurs qui raportent fon Antiquité à faint Clete Pape, tels que font, Sabellic, l'un & l'autre Maurolicus, Polidore, Virgile,
l'Hiftoire de Bolduc, Azorius, Rodericus dans les
queftions regulieres, & tous l'Ordre de Sainte Croix.

Plufieurs autres Autheurs au contraire raportent à
fainte Helene le commancement de l'Ordre de Sainte-
Croix, comme Vincent de Beauvais, Philippe de Bergame, faint Antonin, Nauclere, Adrichomius, & Belloy Avocat General au Parlement de Tolofe, dans fon
Livre de Chevalerie; mais il y a apparance, que ces Autheurs n'ont pas recherché l'antiquité de l'Ordre, attribuée à faint Clete par plufieurs Papes dans leurs Bulles,
& par plufieurs Hiftoriens.   D'autres au contraire ont
confondu l'Ordre du faint Sepulchre, avec l'Ordre de
Sainte-Croix ou des Croifiers, croyans que l'Ordre du

Deliciæ
Equeſt.
milit. à
Mennio.
faint Sepulchre étoit l'Ordre des Croifiers établis par
fainte Helene, ce que Mennius femble avoir crû.

Mais cette erreur est éclaircie, en disant que l'Ordre de Sainte Croix à demeuré dans l'Eglise du saint Sepulchre, depuis sainte Helene jusques à Godefroy de Boüillon, & Baudoüin son Frere Roys de Jerusalem, qui les en sortirent par ce qu'ils reconnoissoient le Patriarche de Constantinople ainsi que nous aprenons de l'Archevéque de Tir, de Marin Sanuto, & de Fulcher: & qu'ils y établirent un nouvel Ordre qu'ils fonderent sous le titre d'Orde du saint Sepulchre, qui reconnoîtroit le Pape immediatement, dont Bosius dans l'Histoire de Malthe, raporte la Bulle de leur confirmation : & c'est ce qui a fait croire à Belloy & à plusieurs autres Historiens, que Baudoüin avoit formé de l'Ordre de Sainte-Croix en Jerusalem, l'Ordre du saint Sepulchre par une Metamorphose.

Livre de Chevalerie par Belloy.

Et ceux qui ne prennent pas garde que l'Ordre du saint Seplchre a succedé sous Godofroy de Boüillon à l'Ordre des Croisiers ou de Sainte-Croix, dans la méme Eglise du saint Sepulchre, les confondent ensemble : Et d'autres ont crû que l'Ordre de Sainte-Croix ou des Croisiers avoit été changé en l'Ordre du saint Sepulchre, bien que l'un soit differend de l'autre, avec pourtant cette circonstance, que l'Ordre du saint Sepulchre a été fondé des dépouilles de l'Ordre de Sainte-Croix, & à sa ressemblance, avec la seule difference du nom.

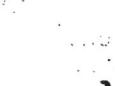

M 3

CHAPITRE QUATRIE'ME.

La durée de l'Ordre de Sainte-Croix, dans l'Eglise du Saint Sepulchre, jusques à Godefroy de Boüillon.

L'Ordre de Sainte-Croix ou des Croisiers, dépuis sainte Helene & saint Quiriace ses premiers Restaurateurs, s'est maintenu dans l'Eglise Patriachale du saint Sepulchre de Jerusalem, dont il composoit le Chapitre Patriarchal; ainsi que remarque la Bibliotèque de Premonstré, les apellant simplement Chanoines Reguliers, mais ailleurs les Croisiers de sainte Helene, jusques à Godefroy de Boüillon & Baudouïn son Frere Roys de Jerusalem. Pendant ce temps-là, qui est d'environ neuf cens ans, l'Ordre de Sainte-Croix a souffert plusieurs persecutions. Mennius dit que les Religieux de Sainte-Croix, qu'il apelle Croisiers du saint Sepulchre; C'est à dire demeurans dans le Monastere du saint Sepulchre, ont été sous la captivité des Sarrasins pendant quatre cens soixante-trois ans: & dit que les Croisiers sont dépuis saint Jacques, parce que saint Clete les institua aprés la mort de saint Jacques; Mais Mennius erre, en ce qu'il les confond avec les Religieux de l'Ordre du saint Sepulchre, qui ne commancerent que du temps de Godofroy de Boüillon. Ensuite Mennius tombe dans la verité du fait sans le comprendre, en ce qu'il dit qu'à ces Croisiers fut joint un corps de Chanoines Reguliers, ce qui fut fait comme nous avons dit par Godefroy de Boüillon : & ce corps de Chanoines Reguliers François, commancerent l'Ordre du saint Sepulchre, que Mennius prend prend pous les Croisiers leurs Predecesseurs dans le saint Sepulchre. Et Belloy tout au contraire, tombe dans une autre erreur, croyant que les anciens Croisiers furent faits Religieux de l'Ordre du saint Sepulchre.

Du temps de saint Ephrem Syrien, qui vivoit dans la fin du quatriéme siecle, il y avoit des Religieux de Sainte-Croix, qui par esprit de perfection, ou lassez des persecutions, se retiroient dans les solitudes & dans les deserts; ce que nous aprenons du même saint Ephrem, en ce qu'il dit que les voleurs avoient tant de respect pour eux, que les rencontrans ils se mettoient à genoux devant eux pour adorer la Croix de leur habit.

Nous trouvons encore que les Religieux Croisiers ou de Sainte Croix, subsistoit dans l'Orient, & par consequent dans l'Eglise Patriarchalle de Jerusalem, dans le huitiéme Siecle, du temps de l'Empereur Constantin Copronime, car saint Jean Damascene dans la vie de saint Estienne le jeune, raporte, que cet Empereur cherchant des pretextes pour persecuter les Religieux, aposta un sien Courtisan apellé George, pour aller prendre l'habit de Religieux dans un certain Monastere, que Nous colligeons être de l'Ordre de Sainte-Croix, & que, prenant cela pour une grande injure, il envoya chercher ce Novice dissimulé, qui fût accompagné par des Religieux de son Monastere de l'Ordre de Sainte Croix pour deffendre mieux leur cause auprés de l'Empereur; mais que l'Empereur qui ne cherchoit qu'à les surprendre, sans avoir égard à leurs remonstrances, ôta luy-méme l'habit de Religieux à George son Courtisant, lequel il foula a ses pieds & poussant *Etiam* colere plus avant, il foula encore à ses pieds le Scapu- *Crucife-* laire sans respecter la Croix, qui y étoit attachée. *labum*

Du temps de l'Empereur Charlemagne, les deux Prêtres que le Patriarche de Jerusalem luy deputa, pour luy offrir les clefs du saint Sepulchre, pour l'exciter à faire quelque Croisade, & pour luy demander

quelques aufmones pour l'entretien des Pelerins, étoit
deux Religieux Croifiers ou de Sainte-Croix, dautant-
que felon Mennius, felon la Biblioteque de Premonftré, & felon plufieurs autres il n'y avoit que de Chanoines Reguliers de ce temps la dans l'Eglife du faint
Sepulchre, que Mennius & Belloy apellent Croifiers c'eft
à dire de l'Ordre de Sainte-Croix, eft non pas des
Prêtres Seculiers. Et bien que l'Hiftoire apelle fimplement ces deux deputés Prêtres, & que dans certains
Conciles où l'on faifoit foûcrire à la condamnation
des herefies, on trouve que le Clergé de l'Eglife Patriarchalle ne le fignoit que comme Prêtres ou Diacres
ou Soûdiacres, il ne fenfuit pas que ce fut des Prêtres
feculiers, d'autant qu'aux chofes qui regardoient l'état
du Sacerdoce ils fe fignoient du nom de l'Ordre de la Clericature qu'ils avoient, comme de Prêtre, de Diacre, ou
Soûdiacre, ainfi que faint Jerôme & le venerable Bede
fe fignoient Prêtres, bien qu'ils fuffent Religieux. Et cette verité paroit d'autant mieux que Nous voyons par la
foufcription de vieux Conciles & de deux Libelles en-
voyés a l'Empereur Iuftinien que le Superieur du Monaftere du faint Sepulchre, fe fignoit Archimandrille du
Lib. ad *Martyirum*, c'eft à dire Grand Prieur de Sainte-Croix
Iuftin.
Imperat. & du faint Sepulchre, ce qui fait voir que ceux qui
in Concil. étoient, fous cet Archimandrite, étoient des Religieux,
5. Geneva. mais des Religieux de fainte-Croix, felon Mennius &
Belloy, bien qu'ils les confondent avec ceux du faint
Sepulchre, dans l'onzième Siecle, il y eût des mêmes Religieux de fainte Croix qui accompagnèrent Pierre l'Hermite vers le Pape Urbain fecond, pour luy demander
la Celebre Croifade de Godefroy de Boüillon, qui fût
concluë au Concile de Clermont en Auvergne. Et qui
felon certains Autheurs raportés par Volaterran s'établirent pour lors en Italie, ce qui a fait croire a plufieurs

autres

autres Hiftoriens que l'Ordre de Sainte-Croix n'avoit commancé qu'alors. Ceux qui refterent dans l'Eglife du faint Sepulchre, quand ils virent aux aproches de Jerufalem, l'Armée de la Croifade de France, fortirent en Proceffion au devant de l'Armée, ce que raporte Fulcher de Chartres, témoin oculaire, qui dit que les Grecs & Syriens qui étoient à la garde du faint Sepulchre, ayans des Croix fur leurs Habits, vindrent au devant de l'Armée, en quoy il fait une naïve defcription des Religieux de Sainte-Croix, en ne les exprimant que par les Croix qu'ils avoient fur leurs Habits eft par le nom de Grecs, ce qui eft un nom de party qu'il leur donne, d'autant que dans peu de temps il-y-eût deux partys dans l'Eglife & Monaftere du faint Sepulchre, introduits par la politique de Godefroy & de Baudoüin fon Succeffeur à la Couronne, en ce que ces Roys ayant confideré que le Patriarche de Jerufalem & les Religieux de Sainte-Croix qui faifoient fon Chapitre, reconnoiffants le Patriarche de Conftantinople, divifoient en quelque maniere l'état de ce nouveau Royaume, entant que l'Eglife & tout le Peuple reconnoiffoient d'un côté le Patriarche de Conftantinople, & le Roy, fa Cour, & fon Armée reconnoiffoient de l'autre côté le Pape. Pour faire donc qu'à la fin il n'y eût qu'un party il en fallut plutôt faire deux, & pour cét effet, ces Roys qui avoient mené de France avec l'Armée de la Croifade, une Troupe de Chanoines reguliers de faint Auguftin habillés de noir, les incorporent d'autôrité Royalle; & apparamment par un confentément fecret du Pape, avec les Religieux de Sainte-Croix, ainfi que Nous aprenons de l'Archevéque de Tyr, de Marin Sanuto & de Fulcher de Chartres, mais particulierement de Fulcher; Et au

N

lieu que ceux de Sainte-Croix s'apelloient Gardiens de la Croix les autres s'apellerent Gardiens du Saint Sepulcre, ce qui confond l'Hiftoire entre ces deux Ordres fortis d'un même lieu. Et afin de donner de l'emulation a ceux de Sainte Croix qui portoient la figure d'une Croix Patriarchalle, comme faifans le Chapitre Patriarchal, ainfi que les reprefente le grand Regiftre des Chroniques, ceux-cy prindrent une grande Croix avec quatre petites aux quatre Angles, tellement que voila deux partis dans l'Eglife & Monaftere du faint Sepulchre. Les Religieux de Sainte-Croix qui en faifoient par force un apelloient ces nouveaux Religieux Incorporés, nos Latins, parce qu'ils ne vouloient reconnoître que l'Eglife Latine: & les autres avec tous les François apelloient les Religieux de Sainte Croix, nos Grecs, parce qu'ils ne vouloient reconnoître que l'Eglife Grecque. Et de là vient que Fulcher Aumônier de Baudouïn ne parle d'eux, que fuivant le proverbe que les François en faifoient, qui eft, les Grecs & Syriens, fans les apeller ny Prêtres ny Moines. Et cependant il fait voir comme ces Grecs, qui font les Religieux de Sainte-Croix, compofoient le Chapitre, & qu'ils chantoient les premiers les Offices en Grec, & que les autres repetoient verfet par verfet, en latin. Cette nouveauté de deux partis dans un Chapitre, dépandans de diverfes Eglifes & de divers Superieurs, chagrina fort le Patriarche Simeon, qui s'en fut finir fes jours dane quelque Monaftere, que les Religieux de Sainte-Croix avoient en Chipre : & apres fa mort, voila que les deux partis de Grecs & Latins, des Religieux de Sainte Croix & des Religieux du faint Sepulchre, fe trouvent oppofés pour élire un nouveau Patriarche, châcun en voulant élire un de fon party : & comme ils ne pouvoient pas s'accorder, le Livre des Actions des François dit

qu'on mit un certain Arnulphe, feulement pour Admi-
niftrateur, qui porté d'ambition voulût fe dire Patriarche: Mais fon orgueïl fut abaiffé, & d'Aymbert Evêque
de Pife en Italie, fut fait Patriache par l'Authorité du
Pape, qui vouloit être affuré d'une perfonne qui foûtint
les interefts de l'Eglife Latine: Ce que d'Aymbert fit fi
bien, qu'il rendit l'Eglife de Jerufalem immediate au
faint Siege & depuis ce temps-la, elle à demeuré dans
les dépendances de l'Eglife Latine: Et comme tout doit
ceder à la force, les Religieux de Sainte-Croix qui ne
vouloient reconnoître que l'Eglife Grecque, furent obli-
gés de ceder entierement l'Eglife Patriarchalle & leur
Monaftere du faint Sepulchre, aux Religieux du faint
Sepulchre: Mais non pas fans regret & fans efperance
d'y revenir dans quelqu'autre temps, ce qu'ils voulurent entreprendre quatre-vints huit-ans aprez, par le
moyen d'Ifaac Empereur d'Orient, qui en auoit con-
venu avec Saladin Sultan d'Egypte maître de la Ville de
Jerufalem, lors que le Bien-heureux Theodore de Celles fut en Jèrufalem avec l'Evêque du Liege, & avec
l'Empereur Frederic Barbe Rouffe, ce qui eft rapporté
dans la lettre de Baudoüin fils du Marquis de Mont-
Ferrat, à l'Evêque de Cantorbie. Ces Religieux du faint
Sepulchre n'ont pas neantmoins tenu l'Eglife Patriarchalle de Jerufalem, fi long-temps que ceux de fainte-
Croix, car ils cederent bien-tôt à la perfecution, fe re-
tirans à Perufe. Et à la fin ils ont été unis a l'Ordre de
Malthe par Innocent huitiéme Pape; & l'Eglife du faint
Sepulchre à été commife à huit Peres Cordeliers, & à
un Noble Chevalier, qui du confentement des mémes
Cordeliers, difent Mennius, Davity, Belloy, & Ville-
mont, fait Chevaliers du faint Sepulchre les Pelerins, en
leur donnant une Croix de drap fur leur habit, faifant
en cela, ce que faifoient anciennement les Religieux de

N 2

sainte-Croix, & aprez eux les Religieux du saint-Sepulchre leurs Successeurs.

Les Religieux de sainte-Croix de Grece, au contraire ne se sont pas perdus, pour avoir perdu l'Eglise Patriarchalle de Jerusalem. Mais ils se sont maintenus dans un état fleurissant, dont il y en eût de députez avec les Evêques de l'Eglise Grecque au Concile de Florence, vers l'année mille quatre cens quarante trois, soûs Eugene quatriéme Pape, ainsi qu'on peut voir dans le prelude de la session vint cinquiéme de ce Concile, ou il est dit. *Nous Evéques, Croisiers, & generalement tous les Deputez de l'Eglise Grecque sommes venus, &c.*

Concil.
Florent.
sess. 25.

La Science & la Modestie de ces Crosiers Grecs, porta Eugene quatriéme à aymer les Crosiers de la Restauration du Bien-heureux Theodore de Celles, ausquels il donna de trés beaux privileges.

CHAPITRE CINQUIE'ME.

De la seconde Restauration de l'Ordre de Sainte-Croix.

LA Seconde Restauration de l'Ordre de sainte-Croix fût faite pendant l'onziéme & douziéme Sciecle, par plusieurs Congregations de cét Ordre, qui furent établis en divers endroits pendant ces deux Sciecles.

La premiere Congregation fût celle de Mortare en Italie, en l'an mille quatre-vingt soûs Gregoire septiéme Pape, laquelle par la qualité de Chanoines Reguliers qu'elle avoit commune comme le reste des Croisiers avec les Chanoines Reguliers de saint Jean de Latran de Rome, demanda au Pape Nicolas cinquiéme d'étre unie avec eux, ce que le Pape accorda à cette Congregation, par ce que l'Ordre des Croisiers étoit encore en Congregations ainsi qu'est l'Ordre de saint Benoît, sans avoir aucun General Universel, jusques au Bien-heureux Théodore de Celles, ainsi que nous avons dit cy-dessus.

La seconde Congregation fût celle des Croisiers qui passerent de Jerusalem en Italie, conjointement avec Pierre l'Hermite, pour demander au Pape Urbain second la Croisade qui fût envoyée soûs le commandement de Godefroy de Boüillon, laquelle commença en Italie ainsi que dit Paul Morige vers l'année mille quatre-vingts dix-sept, trouvant ce temps-la favorable pour établir des Hôpitaux pour les Pelerins de la Terre-Sainte, d'autant que les Saints Pelerinages recommancerent autant que jamais à l'occasion de cette fameuse Croisade de Godefroy de Boüillon: & comme Alexandre troisiéme Pape soixante-ans aprez pour éviter la persecution de l'Empereur Frederic Barbe-Rouße, fut obligé de se travestir en Pe-

N 3

lerin, & de chercher ſes retraites dans les Hôpitaux de cette Congregation, de Sainte-Croix ou des Croiſiers, quand il fût remonté ſur le Trône de Saint Pierre, il leur donna en reconnoiſſance de leur Hoſpitalité, de tres beaux Privileges qui ſont dans le Bullaire; confirma leur Congregation, & leur donna un General, car auparavant ils n'avoient qu'un Commiſſaire General envoyé des Papes. C'eſt pour cela que Pie cinquiéme dans ſa Bulle *Nihil in Eccleſia*, donnée de ſon mouvement pour la réforme de cette Congregation, en attribüe l'établiſſement au Pape Alexandre troiſiéme: qui eſt ſeulement pour l'avoir confirmée & amplifiée ſi avantageuſement, qu'elle eut dans peu de temps deux cens Monaſteres, d'où ſont ſortis quantité de celebres Perſonages, illuſtres en pieté & ſainteté; & quantité d'Evêques & Patriarches. Ainſi que raporte Maurolicus dans l'Occean des Religions.

Cette Congregation portoit l'Habit Gris-noir, avec une Croix Patriarchalle deſſus, ainſi que le dépeint le grand Regiſtre des Chroniques, comme ſortans des Croiſiers de Jeruſalem, qui faiſoient le Chapitre Patriarchal, & qui étoient à la garde de la Sainte-Croix & du ſaint Sepulchre tout enſemble: Mais Pie cinquiéme en la réformant, luy changea l'Habit en Bleu-turquin, ou eſpece de couleur violette, avec manteau long, portans une Croix d'argent pendüe au col du bras avec une chainette.

La troiſiéme Congregation de cette ſeconde Reſtauration, commança par ſept Religieux, aux Faux-bourgs de la Ville de Conimbre en Portugal, ſoûs le Pape Innocent ſecond, de laquelle eſt ſorti ſaint Antoine de Padoüe, pour paſſer dans l'Ordre de ſaint François, qui étoit alors dans ſa premiere ferveur.

ann. II.

La quatriéme Congregation commança en Syrie, &

dans le voifinage de Jerufalem, par le tres pieux Perfo-
nage Henry de Valpot, Seigneur Alleman, ou Toudef-
que, ou Teutonique, qui étant allé vifiter les faints Lieux
de Jerufalem, vers le temps que le Bien-heureux Theodore de Celles y fut avec l'Evêque du Liege, & avec
l'Empereur Frederic Barbe-rouffe, & ayant veu dans la
Syrie des Croifiers ou Religieux de Sainte-Croix, fut
pouffé d'un faint defir d'embraffer leur Inftitut, & d'en
faire une Congregation particuliere, qui auroit l'Habit
different de l'ancien, ainfi que nous voyons que les Autheurs des Congregations particulieres, comme les Feuïl-
lans dans l'Ordre de Cifteaux, les Capucins & Recollets
dans l'Ordre de S. François, & mille Congregations de
Chanoines Reguliers dans l'Ordre de S. Auguftin, ont
pris l'Habit different de l'ancien Habit de l'Ordre; car il
voulut que l'Habit de fa Congregation fut Noir, avec le
Surplis deffus, & une Croix noire fur le Surplis, & que
les Religieux portaffent longue barbe à l'Apoftolique;
Mais il voulût que dans fa Congregation on n'y reçeut
que des Gentilhommes, & que ceux d'Allemagne fuffent preferés, & pour faire confirmer toutes ces chofes
du Pape, il employa l'autôrité de l'Empereur Frederic
Barbe-rouffe, qui en obtint la confirmation du Pape
Clement troifiéme, en l'année mil cent quatre-vingt-huit, 1188;
foûs le titre de Croifiers de Nôtre-Dame des Allemans,
ou des Toudefques ou Teutoniques; ce qui a fait croire
à certains Hiftoriens que cet Empereur étoit le Fondateur de cette Congregation, pour s'être employé à la faire confirmer par le Pape.

Et comme la plûpart des Hiftoriens n'ont pas pris garde que l'Ordre des Croifiers ou de Sainte-Croix, à plufieurs Congregations qui ont commancé en divers temps,
d'où vient qu'ils fe contredifent en voulant parler du
commancement de l'Ordre de Sainte-Croix, châcun

mettant son commancement au commancement de la
Congregation dont il a connoiffance : Voila pourquoy
Robert Dumont dans la continuation de la Chronologie
de Sigebert, & Genebrard dans la fienne, & Volaterran
dans fon Antropologie, ayants veu une confirmation de
Celeftin troifiéme pour cette Congregation des Croifiers de Nôtre-Dame des Allemans, de l'année mille
cent quatre-vingts dix-fept, mettent en cette année là,
le commancement de l'Ordre de Sainte-Croix, bien que
ce ne foit le commancement d'une Congregation de
l'Ordre : & pour plus grande erreur, ils attribuent cette
confirmation à l'autre Congregation des Croifiers d'Italie, venus de Jerufalem foûs Urbain fecond.

Cette Congregation des Croifiers de Nôtre-Dame des
Allemans, fe retira quarante ans aprés fon commancement de Syrie en Pologne, là où ils ont exercé les trois
fonctions de l'Ordre de Chanoines Reguliers, de Militaires & d'Hôpitaliers : Mais celle de Militaires avec tant
de fuccez, qu'ayans eux-méme pris les Armes par la per-
miffion du Pape, pour la caufe de la foy, ils s'affujetirent
toute la Pruffe, ainfi que raporte Bzovius dans fes Annales : & commançoient a fe rendre terribles, fi on ne leur
eut pas commandé promptement de quitter les Armes,
pour retourner aux fonctions de Chanoines Reguliers,
qui eft de chanter les Offices, ce qu'ils firent & font encore, tenant méme des Cathedralles. Ils fe fervent du
Breviaire de l'Ordre, & ils ont voulu fouvent s'unir avec
les Religieux de la Reftauration du Bien-heureux Theodore qui ont toûjours été prêts à les recevoir, en reconnoiffant les Generaux Succeffeurs du Bien-heureux
Theodore qui font à Huy, comme faits Generaux de
tout l'Ordre par tout le Monde.

Les autres au contraire, ont voulu que le General
n'eut point de Siege, & qu'il fut fait alternativement de
part

part & d'autre. Cette Charge de General est la pierre
d'achopement qui a tenu & tient toûjours cette Union
en proposition & sans conclusion.

Voyla quatre Congregations qui font la seconde
Restauration de l'Ordre de Sainte-Croix, en Corps se-
parez.

C H A P I T R E   S I X I E'M E.

La troisiéme & derniere Restauration de l'Ordre de Sainte-
Croix, par le Bien-heureux Theodore de Celles.

LA troisiéme & derniere Restauration de l'Ordre de
Sainte-Croix par le Bien-heureux Theodore de Celles, est décrite assez au long dans tout le cours de l'Histoire de sa Vie, sans qu'il soit necessaire de repeter icy la méme chose. Nous dirons neantmoins succintement qu'il
à été un grand propagateur & reparateur de l'Ordre de
Sainte-Croix ou des Croisiers, pour en avoir commencé en son particulier une Congregation, qui s'est étenduë par le Liege, Allemagne, France, Angleterre, &
Ecosse, & qui à esté si favorablement benite du Ciel,
qu'elle est devenuë Mere de sa Mere, le Chef & la primace de tout l'Ordre, dont il à été fait le Chef & General Universel. Et bien que toutes les Congregations se
soint défenduës de cette dépence, par la faveur de la
Mort d'Innocent Troisiéme, à la reserve de celle des
Anciens Croisiers passés de Jerusalem en France soûs
Urbain Second, qui seule se soûmit. Neantmoins le
Bien-heureux Theodore ny les Generaux ses Successeurs, n'ont pas perdu, ny renoncé à cette charge de
Generaux Universels de tout l'Ordre des Croisiers, ou
de Sainte-Croix, reçeuë du Pape Innocent Troisiéme:

O

Et s'ils n'exercent pas leur jurisdiction sur certaines Congregations, comme sur celles des Croisiers de Nôtre-Dame des Allemans, qui pour s'y opposer prend pareillement le titre d'Ordre, neanmoins ils en conservent le titre : & la Congregation des Croisiers de Nôtre-Dame des Allemans, connoît sa dépandance du Monastere de Huy, qui est la Primace de tout l'Ordre, sur ce qu'elle a souvent demandé l'union.

La Congregation des anciens Croisiers à pareillement proposé plusieurs fois de se rejoindre : & pour cet effet ils faisoient agir le Pape Clement huitiéme, qui apella à Rome pour cette Union, le Pieux Pere George Constantin General, qui étant mort à Aix en Provence dans l'entreprise de ce voyage de Rome, a laissé là l'entreprise de cette Union, à laquelle Alexandre septiéme Pape à mis un perpetuel empêchement.

CHAPITRE SEPTIE'ME.

Du Titre de Canonial, c'est à dire du Titre d'Ordres de Chanoines Reguliers apartenant à l'Ordre de Sainte-Croix.

L'Ordre de Sainte-Croix ou des Croisiers apellé Canonial par les Papes, pour être de l'Ordre des Chanoines Reguliers. Cet Ordre a été fondé dans cette qualité par saint Clete Pape, ainsi que nous avons dit au chapitre de l'antiquité de l'Ordre. La fin de son institut à prêcher la Croix & les Croisades, & à administrer les Sacremens, fait assez connoître qu'il est de l'Ordre des Clercs Reguliers ou des Chanoines Reguliers dés son commancement ; d'autant qu'anciennement les Chanoines Reguliers étoient des Coadjuteurs des Evêques pour la Predication & pour l'administration des Sacremens, ainsi que certains Autheurs ont remarqué sur le Concile de Poitiers soûs Paschal second Pape. Ces Chapitres Cathedraux qu'ils ont tenu dans Jerusalem & par la Grece, & qu'ils tiennent encore dans la Pologne, en sont des preuves manifestes.

Concil. Pist. ann. 1109.

C'est une chose incontestable que l'Ordre de Sainte-Croix ou des Croisiers, a tenu le Chapitre Cathedral du saint Sepulchre, dépuis sainte Helene qui les y établit, jusques à Godefroy & Baudouïn de Boüillon, qui les en sortirent, parce qu'ils étoient dépendants de l'Eglise Grecque. Belloy dans son Livre de Chevalerie, dit manifestement que les Chanoines Croisiers du saint Sepulchre, avec l'Hôpital des Amesphites, occupoient une partie de la Ville dont Calyphe d'Egypte leur en laissa la joüissance, en l'an mille douze : en quoy il parle de l'Ordre

O 2

de Sainte-Croix ou des Croifiers, lefquels il dit que Godefroy de Boüillon prenant Jerufalem, trouva dans l'E-
glife Patriarchalle, & que Baudoüin les fit Chevaliers
du faint Sepulchre: Mais Belloy s'eft trompé, en ce qu'il
les confond avec les Religieux de l'Ordre du faint Sepulchre; qui font d'autres que Godefroy de Boüillon fonda de nouveau à la place de ceux de Sainte-Croix; qui
fe retirerent fans étre transformés en ceux du faint Sepulchre.

   Le Pape Innocent IV. dans une Bulle Confiftorialle
d'une feconde confirmation, *ex certa fcientia*, accordée
à l'Ordre fur le changement d'Habit noir en blanc, le
confirme en cette qualité de Canonial, en ces termes.
an. 1248. *Nous connoiffans que l'Ordre Canonial de Sainte-Croix, a été*
cy-devant legitimement inftitué dans le Monaftere de Clair-Lieu
de Huy, & membres dépendans: Nous voulons que dans cette
méme qualité, il y foit maintenu à tout jamais. Où nous
voyons que le Pape veut que l'Ordre de Sainte-Croix fe
maintienne dans cette qualité de Canonial, c'eft à dire
de l'Ordre des Chanoines Reguliers. Les Statuts que
le méme Pape confirma, difent auffi que dans l'Ordre on
n'y recevra point les Bâtards pour Chanoines ny pour
Convers. Le Breviaire que le méme Pape donna, porte
le tître de Breviaire de l'Ordre Canonial de Sainte-Croix.
Martin cinquiéme mande au General de l'Ordre de corriger fes Chanoines. Urbain huitiéme, Alexandre feptié-
me, & Innocent onziéme dans leurs Bulles particulieres
ou generales pour l'Ordre, le qualifient ou de Canonial,
ou d'Ordre de Chanoines Reguliers; bien que fouvent
on ne dit fimplement que l'Ordre de Sainte-Croix, ou
des Croifiers, particulierement les Hiftoriens.

   Mais ceux qui examinent en Canoniftes la nature des
chofes, comme Pennot, Chopin, la Biblioteque de
Premonftré & le Pere Defnos, Chanoine de Sainte-

Geneviéve, le mettent du nombre de Chanoines Reguliers; Mais la Biblioteque de Premonstré le met mal à
propos dans une troisième classe comme moderne, puisque l'Ordre de Sainte-Croix par cette Biblioteque même
est un des plus anciens de l'Eglise de Dieu, étant contemporain des Chanoines Reguliers de saint Marc, de saint
Jaques, & de saint Eusebe, avec lesquels il merite le
premier rang : Mais Gabriel Pennot dans son Histoire
dit, que tous ceux qui portent le tître de Chanoines Reguliers de saint Augustin, absolument parlant, ne sont
qu'un même Corps d'Ordre de saint Augustin : & que
par consequent, tous doivent être mis en une seule classe.
Et nous voyons aussi que l'Eglise ne les regarde que comme divers membres qui composent un même corps, les a-
pellant tous ensemble Ordre Canonial, ou Canonique par
excellence : car il faut sçavoir, bien que tous les Ordres
approuvés de l'Eglise soient Canoniques: neanmoins que
dans le stile de la Cour de Rome, & du Droit Canon,
l'Eglise ne donne pas par honneur ce tître de Canonique,
ou de Canonial, qu'aux seuls Chanoines Reguliers, à
qui elle le donne comme par prerogative, & par excellence. Tellement que ce tître de Canonique ne convient
aux autres Ordres, que comme purement adjectif, &
pour le regard de la forme, & de la maniere de leur établissement, pour dire qu'ils ont été établis selon les for-
mes Canoniques, c'est à dire par l'autôrité de l'Eglise,
& comme par raport à l'Ordre des Chanoines Reguliers,
qui sont le modele & le prototype de tous les autres Ordres: Mais ce tître de Canonique ou Canonial, convient
aux Chanoines Reguliers, comme specifiquement &
par excellence.

Voyla pourquoy l'Eglise les apelle seulement Ordre
Canonique ou Canonial, comme étants la base, le fondement, la Regle & le modelle de tous les autres Ordres

O 3

c. 19. q. 3 Reguliers. C'eſt ainſi que le Droit Canon les apelle par
c. 12. q. 1 excellence , *Ordo Canonicus*; ou *Canonica profeſsio* : ou *Cano-*
cap. dilect. *nica vita.* L'Ordre *Canonial* : la *Profeſsion Canoniale* , & la
vie Canoniale. Où bien la Regle des Apôtres comme l'a-
pelle S. Clement dans ſon Epître quatriéme , & le Concile de Pavie ſoûs Leon IV. apelle la Regle de ſaint Auguſtin , ou miroir des Clercs , la Regle Canonique. Le
Concile d'Autun dans le ſeptiéme Siecle , dit que tous
les Religieux doivent vivre ſelon l'Ordre Canonial , ou
ſelon la Regle de ſaint Benoît. Le Concile de Mayence
dans le neuviéme Siecle , dit que ceux qui voudront être
Religieux , doivent choiſir l'Ordre Canonial , ou l'Ordre des Moïnes. Le Concile de Tours tenu dans le même Siecle , ordonne aux Abbez de maintenir la vie Ca-
nonialle , ou Canonique dans les Monaſteres où elle a
été introduite.

Urbain troiſiéme dans une Bulle , apelle les Religieux
du Peyrat en Perigord de l'Ordre Canonique. Innocent
troiſiéme ; mais particulierement Innocent quatriéme,
dans une Bulle Conſiſtorialle , apelle l'Ordre de Sainte-
Croix , Ordre Canonial ou Canonique , & ordonne qu'il
veut qu'il conſerve toûjours cette qualité & ce titre
dans le Monaſtere de Huy , & dans tous les membres
qui en dépendent. Et c'eſt de ce titre d'honneur , & de
cette qualité eſſentielle de Canonial ou Canonique , qui
appartient aux ſeuls Chanoines Reguliers , que l'Office
Divin du Breviaire porte le titre d'Heures Canoniales,
ou Office Canonial ; d'autant qu'au commancement de
l'Egliſe , il n'y avoit proprement que les Chanoines Reguliers qui diſſent l'Office Divin , car les Moïnes avant
qu'il fuſſent apellés à la Clericature par ſaint Martin , par
ſaint Athanaſe , & par ſaint Benoît , ne faiſoient que prier
d'une autre maniere : car il n'étoit pas permis ny à eux,
ny à qui que ce fût , de dire dans l'Egliſe les Offices du

Breviaire, qu'aux feul Chanoines Reguliers, ainfi que
nous l'aprenons du Concile de Laodicée, foûs faint Syl-
veftre, dans le quatriéme Siecle. *Can. 15. Non licere*
præter Canonicos, alium quemlibet pfallere. Il n'eft pas permis à
autre perfonne qu'aux Chanoines Reguliers, de dire les Offices.
Il eft vray que d'autres interpretent de Chanter. Il eft
pourtant conftant que ce Concile entend les feuls Chanoines Reguliers, par le feul terme de Chanoine, qui en
ce temps-là, vouloit dire un Regulier par excellence :
Mais comme dans les derniers Siecles beaucoup de ces
Chanoines ou Reguliers, qui eft la méme chofe, en fe
fecularifant ont voulu garder le tître de Chanoines, qui
veut dire Reguliers, fans garder la chofe fignifiée par ce
nom, ainfi que remarque le Pere Bajole dans fon Hiftoire facrée d'Aquitaine; les autres Chanoines qui reftoient
en Regularité, ont dépuis ajoûté ce mot, de Reguliers,
qui n'eft qu'une repetion de la méme chofe, dans deux
langues, c'eft à dire dans la langue Grecque, & dans la
langue Latine, & cét ufage n'a été introduit que dépuis
le quatriéme ou cinquiéme Concile General, car auparavant les Clercs Reguliers fe qualifioient fouvent de
Chanoines, comme remarque le Cardinal Baronius,
ainfi qu'on voit dans les Signatures de ceux de Grece
& de Jerufalem.

L'Ordre donc Canonique ou Canonial, ou l'Ordre des
Chanoines Reguliers : a merité toutes ces prerogatives
& privilegez, pour avoir été fondé le premier fur la vie
des Apôtres, ainfi que dit Platus, & qu'explique l'Abbé
Rupert, leur appliquant ces paroles de faint Paul aux
Ephefiens, qu'ils font bâtis fur le fondement des Apô-
tres & des Prophetes. Ce que nous pouvons dire en par-
ticulier de l'Ordre Canonial de Sainte-Croix, ou des
Croifiers, qui a commancé du vivant de quelqu'un des
Apôtres, & de plufieurs des Difciples. Et le Concile

d'Aix dit que l'Ordre Canonial, ou Canonique, eft plus Noble que tous les autres Ordres. Et c'eft pour cela que Pie quatriéme par une Conftitution generale, donnée contradictoirement, accorde la prefceance aux Chanoines Reguliers devant tous les Ordres, fi ce n'eft feulement au retour des Proceffions, qu'ils doivent le ceder aux feuls Religieux de faint Benoît.

Ces Prerogatives & ces Privileges de l'Ordre Canonial, doivent obliger tous les Chanoines Reguliers, a étre plus humbles & plus modeftes : car l'Ecriture commande de s'humilier lors que l'on eft plus élevé ; & Nôtre Seigneur declara à fes Apôtres, que ceux qui voudroient être les premiers d'entre-eux, fuffent les Serviteurs des autres ; & fi l'Eglife accorde ces prefceances à l'Etat des Chanoines Reguliers, neanmoins les particuliers doivent s'en eftimer indignes ; & doivent fe fouvenir que ce ne leur eft accordé, que parce qu'ils doivent être le modele de toute Regularité à tous les autres Ordres ; & c'eft pour cela qu'ils font apellez doublement Reguliers, ou pour mieux dire, ils font apellez Regle de tous les autre Ordres. D'où nous voyons que le Jugement des Ames des Chanoines Reguliers, fera rigoureux & exact devant Dieu, fi fous le titre de Reguliers, ils menent une vie relâchée. Et fi au lieu de titre humble & modefte de Freres ou de Peres ou de Prêtres, ils prennent des titres vains de Monfieur, ou de Dom, ce que Nôtre Seigneur defend à fes Apôtres, en leur défendant de fe faire apeller Rabbins, qui étoit un titre d'honneur du Monde parmy les Juifs.

La Regle de faint Auguftin leur indique affez, qu'ils ne doivent pas méprifer le titre de Freres ou de Peres, ou de Prêtres, puis que faint Auguftin dans une de fes Ordonnances touchant fes Clercs que nous apellons aujourd'huy Chanoines Reguliers, les apelle Freres en ces

S. Aug. apud gratian. C. 12. q. 1.

termes,

termes, *Cum nostræ Congregationis Fratres &c.* Et dans sa
Regle il se sert du même terme de Freres, afin qu'eux
même s'apellent ainsi , & non pas Monsieur , lequel titre
de Monsieur n'est aujourd'huy affecté dans les Cloîtres
de Chanoines Reguliers, que des esprits peu Religieux,
qui ont plus de la fumée du monde dans leur tête, que de
l'esprit de la Religion, en quoy ils pechent contre l'esprit de la Regle de saint Augustin, & contre l'ancien
usage de tous les Chanoines Reguliers, qui se qualifioient
tous Freres ou Peres , & dans leurs discours & dans leurs
écrits ; c'est ainsi qu'on le justifie par un million de titres
anciens des quatre quartiers du Monde ; comme par des
titres du Chapitre de Saint Etienne de Toulouse, par des
transactions d'association entre-eux, & les anciens Chanoines Reguliers de Sainte Marie d'Auch en Arma-
gnac; & de Saint Cernin de Toulouse, raportées par le
Pere Bajole dans son Histoire Sacrée d'Aquitaine.

On le justifie encore par une autre transaction d'association de l'an mille deux cens vingt huit, entre les Chanoines Reguliers du Val de Chartres,& ceux de saint Quen-
tin , raportée dans les œuvres de saint Yves, ou tous se
signent Freres. Dans de vieux titres du Monastere du
Peyrat en Perigord , ils se qualifient aussi Freres: & Urbain troisiéme dans la Bulle de confirmation de ce Monastere les apelle aussi Freres. Le Pape Innocent quatriéme dans la derniere confirmation de l'Ordre , & plusieurs autres Papes dans leur Bulles apellent Freres les
Religieux de Sainte-Croix. Ceux de Premonstré en
sont pareillement qualifiés dans leur Bulles, & dans leurs
Constitutions. D'où l'on voit que changer le titre de
Frere, ou de Pere, en celuy de Monsieur, c'est pervertir
l'Esprit de la Religion, qui doit être humble & modeste,
& saint Augustin défend expressément de telles affecta-
tions dans sa Regle, en défendant aux Chanoines Regu-

P

liers de n'avoir point d'affectation dans leurs Habits, ce
qui comprend tout l'exterieur, mais qu'ils affectent seulement d'acquerir de bonnes mœurs. Et le Chapitre general de l'Ordre de Sainte-Croix, de l'année mille six
cent vingt-deux, voulant prevenir cet inconvenient,
à défendu par avance aux Religieux de son Ordre, de
jamais se servir du titre de Monsieur.

CHAPITRE HUITIE'ME.

Du Titre de Militaire apartenant à l'Ordre de Sainte-Croix.

L'ORDRE de Sainte-Croix outre le titre de Canonial, ou Canonique, ou de Chanoines Reguliers,
possede encore le titre de Militaire, pour être un
des Militaires, & le premier de tous les Militaires
de l'Eglise, quand à son Institution, qui est plus ancienne que celle de tous les autres Ordres Militaires, ainsi que nous avons justifié par tant de Bulles
de divers Papes, & par l'autórité de tant d'Historiens,
qui nous enseignent, qu'en l'année quatre vingt-un de
l'Eglise naissante, Saint Clete Pape Institua l'Ordre de
Sainte-Croix ou des Croisiers, afin que les Religieux de
cét Ordre, après avoir prêché la Croix par les Provinces,
comme Chanoines Reguliers, & l'avoir donnée ainsi
qu'on fait aujourd'huy aux Croisades, à ceux qui vouloient aller en Pelerinage visiter les Saints Lieux de Jerusalem, fissent les fonctions de Militaires, en escortant
& conduisant les Pelerins jusqu'à Jerusalem, non pas
en les défendant des ennemis ou Infidelles par Armes,
ainsi qu'Azorius a crû, car les Pelerins étans gens du
monde, qui ont la science des Armes, & marchants souvent en Scadrons, étoient plus en état de se défendre

eux-même, que d'être défendus par les Religieux de
Sainte-Croix, à qui l'Ordre de Clericature ne permettoit pas l'ufage des Armes; Mais les Religieux de Sainte-
Croix faifoient les fonctions de Militaires, en leur infpi-
rant cet efprit de combattre pour la Foy, & de fouffrir le
Martyre fi la neceffité le requeroit, & en prenant garde
qu'ils ne s'expofaffent pas à des combats ridicules, foûs
pretexte de la Foy, ou à faire des pilleries foûs pretexte
de Pelerinage. Et à caufe de ces fonctions, ils font Militaires, comme étant Capitaines de Milices Saintes, &
Capitaines des Croifades qui commancerent pour lors,
qui n'êtoient que des Pelerinages du Saint Sepulchre,
ainfi qu'a remarqué Mennius dans fon Livre de Chevalerie, ou interpretant ce mot de Croifade il dit, que cela
ne veut dire autre chofe que Pelerinage du faint Sepulchre: ou bien nous difons que Croifade ne veut dire
autre chofe que profeffion de Martyre. Il eft vray
que plufieurs ont crû que l'invention de ces Croifades ou Pelerinages du faint Sepulchre, n'avoit commancé que dans les derniers Siecles; Mais nous leur oppo-
fons une infinité de Bulles & d'Hiftoriens, que nous
avons cité dans le Chapitre de l'antiquité de l'Ordre,
pour faire voir que l'invention des Croifades, & des Ordres Croifés, eft de faint Clete Pape, & de l'Ordre de
Sainte-Croix.

C'eft dans ce même efprit d'Ordre Militaire fans Armes temporelles, que fainte Helene & faint Quiriace
ont rétabli l'Ordre de Sainte-Croix, dans le commancement du quatriéme Siecle. Et comme les batailles & les
combats dans les Armées, font attribuez aux Chefs qui
Commandent, à raifon de leur conduite, & non pas
pour avoir été eux-mêmes au Combat: Ainfi la qualité
de Militaire eft attribuée à l'Ordre de Sainte-Croix, parce que les Religieux de Sainte-Croix commandoient &

dirigeoient ces petits Scadrons de Croisades, ainsi que
dépuis nous avons vû que des Cardinaux ont été apellez
Generaux des Armées des grandes Croisades, bien qu'ils
ne combatissent que par la direction, par leur conduite,
C. 23.q.8.
Cap. ut
pridem
& Cap.
suppliciter
& par leurs Prieres, & c'est ainsi que la glose sur le Chapitre *Suppliciter* dans le Droit Canon, dit que les Ecclesiastiques combattent dans les Armées saintes, non pas
par l'Epée, mais en exhortant les Soldats au Combat.

La Congregation des Croisiers de N. Dame des Allemans
par le pieux Henry Valpot, à pareïllemét fait les fonctions
de Militaires dans la Syrie, & aprez dans la Pologne.
Et si dans la Prusse ils ont pris les Armes contre les Ennemis de l'Eglise, ayans assujeti toute cette Province, &
commançans à donner de la terreur par leur generosité
aux Princes voisins, ils ne les ont prises que par permission de l'Eglise, & les ont mises bas quand l'Eglise leur a
commandé, ainsi que dit Bzovius dans ses Annales.

Nous voyons par tout le cours de l'Histoire de la Vie
du Bien-heureux Theodore de Celles, qu'il a rétabli
l'Ordre de Sainte-Croix, dans cet esprit de Militaire,
pour précher & annoncer les Croisades, & pour exhorter les Chrêtiens à combattre pour la Foy, & a souffrir le
Martyre quand la necessité le requeroit : & que les Croisiers de la Congregation d'Italie, ont toûjours pratiqué
ce méme esprit, & que méme ils ont souvent pris les Armes dans la Terre-Sainte, disent Maurolicus dans l'Occean des Religions, Polidore Virgile, & autres Historiens. Ce qui fait voir clairement que l'Ordre de Sainte-
Croix est Militaire, ce que le sçavant Nicolas de Lyra
dans ses Postilles; Gregoire Eder dans sa Theologie, table
deux cens soixante-une, & Pierre Aureolus grand Theo-
logien ont reconnu, en disans que l'Ordre de Sainte-
Croix ou des Croisiers, l'Ordre des Templiers, & l'Ordre des Hôpitaliers, sont representez par cette Armée

que sain. Jean vit à la suite du Fils de Dieu, dont il fait mention dans le Chapitre dix-neuviéme de l'Apocalypse.

Et l'Ordre de Sainte-Croix étant un des plus anciens de tous les Militaires, aussi-bien que de tous les autres de l'Eglise, il s'ensuit qu'il est l'origine & la source de tous les Ordres Militaires qui sont venus dépuis, mais particulierement de celuy du saint Sepulchre, qui fût bâti sur les ruïnes de celuy de Sainte-Croix, ainsi que nous avons dit cy-devant, & qui prit les mémes tîtres de Canonial, Militaire & Hospitalier, ainsi que dit Bzovius dans l'Histoire de Malthe, ce qui fait voir que ces trois qualitez ne sont pas incompatibles dans un même Ordre. Et saint François de Paule dans la prediction qu'il a faite que l'Ordre de sainte Croix, ou une Congregation nouvelle qui naîtra dans iceluy, doit détruire le Grand Turc, dit que ce sera par ces trois qualités, de Chanoines, de Militaires, & d'Hospitaliers. Et le Pape Luce troisiéme confirmant l'Ordre de Malthe comme Militaire, il le met en parité avec les Chanoines Reguliers, comme reconnoissant que ces deux fonctions sont toutes deux nobles & excellentes.

Neanmoins l'Ordre de Malthe dans son commancement ne faisoit pas les fonctions de Militaire, que par exhortation, comme celuy de Sainte-Croix, mais par permission expresse du Pape Innocent second, ils se partagerènt quelque temps aprez, ceux qui seroient dans la Clericature à combattre par exhortation, & les autres à combattre avec l'épée, en quoy cet Ordre à tellement reüssi, qu'il est devenu un rempart de l'Eglise, & son General tient rang parmy les Princes.

Voyla comment l'Ordre de Sainte-Croix est Militaire : Mais comme les Pelerinages & Croisades de la Terre Sainte ont cessé, l'Ordre n'exerce plus cette fonction, mais seulement celle de Cœnobites.

CHAPITRE NEUVJE'ME.

Du Titre d'Hospitaliers que l'Ordre de Sainte-Croix possede.

L'ORDRE de Sainte-Croix ou des Croisiers, outre
la qualité de Chanoines Reguliers & de Militaires,
possede encore celle d'Hospitaliers, dès sa premiere Institution par Saint Clete Pape, en l'an quatre-vingt-un
du premier Siecle ; & de son rétablissement par sainte
Helene & par saint Quiriace. Les Bulles & les Autheurs
cités dans le Chapitre de l'antiquité de l'Ordre de Sainte-
Croix, mais particulierement les Bulles d'Alexandre
troisiéme, & Pie cinquiéme, & Philippe de Bergame,
avec l'un & l'autre Maurolicus dans l'Occean des Religions, & dans le Martyrologe à l'usage du Romain, nous
éclaircissent de cette verité: Mais il faut sçavoir que
l'Ordre de Sainte-Croix, n'est pas Hospitalier pour toute
sorte d'Hôpitaux, mais seulement pour les Hôpitaux
des Pelerins de Jerusalem, & des Saints Lieux, ainsi
que dans les derniers Siecles nous avons vû pratiquer cette Hospitalité par les Croisiers d'Italie, & pour ceux de
Pologne, qui avoient pour cet effet des Hôpitaux de
fondation. Et afin que les Religieux de Sainte-Croix
puissent suffire a donner la passade à tant de Pelerins qui
marchoient anciennement en plus grand nombre, &
avec plus de pieté qu'ils ne font aujourd'huy, ils alloient
eux méme, ou envoyoient des gens fidelles pour faire des
quêtes generalles par tout le monde, ce qui est de l'institution des Apôtres, ainsi que nous voyons que font
encore aujourd'huy les Religieux de Nôtre-Dame de
Mont-Serrat en Espagne, ceux de l'Hôpital de saint Ja-

1. ad Cor.
16. de col-
lettis au-
tem.

ques en Galice, de Nôtre-Dame de Lorette en Italie, & de l'Hôpital du saint Esprit à Rome, pour l'entretien des Pelerins qui vont en ces lieux.

Mais comme dans l'Ordre il s'y est fait diverses Congregations de Réforme, comme celle de Mortare, celle de Conimbre & autres, il y en à dont les unes se font plus attachées aux fonctions de Chanoines Reguliers, que de Militaires ny d'Hospitaliers. Et comme aujourd'huy on ne fait plus de Pelerinages en Jerusalem, l'Ordre de Sainte-Croix ne fait aussi plus de ces quêtes publiques pour les Pelerins, ny ne tient plus d'Hôpitaux, particulierement en France ny en Liege, où ils n'ont fait des établissemens que pour des Monasteres, pour y faire les fonctions de Chanoines Reguliers.

Il est vray que comme le Pape Jean vingt-deuxiéme avoit destiné une grande Croisade pour le recouvrement de la Terre-Sainte, ce Pape par Bulle expresse, avoit accordé de nouveau aux Religieux de Sainte-Croix, la permission de faire des quêtes generalles une fois l'an, dans toutes les Paroisses du Monde, & accordoit Indulgence à ceux qui leur auroient donné quelque chose en aumône, ce qui n'étoit apparemment qu'en veuë que les Pelerinages de Jerusalem seroient rétablis par le moyen de sa Croisade; mais comme sa Croisade n'eut pas son effet, ces quêtes en ont demeuré la.

l'Ordre de Sainte-Croix n'est pas le seul qui a quitté cet exercice d'Hospitaliers des Pelerins: l'Ordre de Malthe ou des Hospitaliers de saint Jean, qui faisoient les mémes fonctions, les a pareillement quittées par le changement du temps.

Cette fonction neanmoins d'Hospitaliers des Pelerins, est si sainte devant Dieu, qu'elle est une des sept œuvres de misericorde. Le Fils de Dieu a voulu se rendre luy méme Pelerin pour honorer les Hôpitaux, & saint Jean dit *S. Aug. l. e.*

bleu turquin ou violet. Ceux de Conimbre l'avoient de couleur rouge. Ceux de Pologne le portent noir. Ceux de la Restauration du Bien-heureux Theodore de Celles au commancement l'ont porté noir, avec Scapulaire gris; & duquel ils ont changé la seule Robe en blanc, soûs Innocent quatriéme : & le Scapulaire de gris en noir, par Bulle de Clement huitiême, le reste de l'Habit retenu comme le Bien-heureux Theodore, & en memoire de la premiere Robe noire, l'Ordre le fait porter deux mois ou environ aux Novices.

L'Ordre porte encore dans la plûpart des Provinces le Surplis sur le Capuchon, & le Capuchon à la tête au lieu de Bonnet carré, ce qui étoit l'ancienne mode de plusieurs des Chanoines Reguliers, ainsi que témoigne la Biblioteque de Premontré, qui allegue pour exemple ceux de Vuindeys en Liege, & de saint Frigidian, & & qu'on les voit peints dans le Chapitre du Cloître de saint Etienne de Toulouse & ailleurs; d'autant que l'usage du Bonnet n'étoit pas si commun qu'il est aujourd'huy. Cette diversité n'altere point l'Institut de l'Ordre, non plus que pareille diversité n'altere point d'autres Ordres.

La couleur de l'Habit, ny le portement, ou non portement de Bonnets ny d'Aumusses, ne font rien à la qualité de Chanoines Reguliers, ainsi que remarque la Glose sur la Clementine de *Electionne*, qui dit qu'on voit des Chanoines Reguliers habillés de toute sorte de couleurs, de gris, de blanc, & de noir, les uns sans Cupuchon, & les autres avec Capuchon, pour mieux se contenir en Regularité, pourvû que dans l'Ordre ou Congregation, ou Monastere la où l'on se trouve, on y garde l'uniformité des Habits, ainsi que saint Augustin le commande dans sa Regle, lors qu'il ordonne de prendre les Habits d'un même vestiaire, par ou il témoigne qu'il veut que la forme de l'Habit, soit égale, aussi bien que le Vestiaire est

égal, & suivant les Canonistes & Casuistes, les particuliers
pechent de faire le contraire, parce qu'on devient sin-
gulier en Habits, ce que saint Augustin défend ailleurs,
en défendant l'affectation des Habits: Et saint Jean Cli-
maque & tous les Maîtres de la vie spirituelle demeurent
d'accord que toute singularité dans les Cloîtres est un vice
& un peché; Il est vray que du temps de sainte Helene il y
eut des personnes qui blâmerent les Religieux de Sainte-
Croix & d'autres Ordres, de porter des Birres ou Surplis,
lesquels Censeurs le Concile de Gangres reprit de temerité.

Pour le regard des Superieurs de l'Ordre, je di-
ray que ce sont des Prieurs dépendans d'un Grand
Prieur, qui est General de tout l'Ordre, qui est Croffé
& Mitré, portant le Rochet Camail, & Croix pectora-
le comme un Evêque, & qui donne les petits Ordres à
ses Religieux, qui a son Siege au Monastere de Clair-
Lieu, à la Ville de Huy dans le Liege, depuis la Restauration par le Bien-heureux Theodore de Celles; Car
avant luy, pendant deux ou trois cens ans, châque Congregation avoit un Prieur General, & luy seul & ses Successeurs ont été faits Generalissimes de tout l'Ordre.
Depuis sainte Helene jusques à Godefroy de Bouillon,
comme il n'y avoit qu'un seul Corps d'Ordre sans Congregations, il n'y avoit pareillement qu'un seul Grand
Prieur, qui étoit General de tout l'Ordre, lequel on
trouve signé dans les anciens Conciles, en ces termes;
Archimandrite du *Martyrion*, qui avoit son Siege dans
l'Eglise Patriarchalle du saint Sepulchre; qu'on apelloit
Martyrion, ainsi que remarque Baronius, & qui étoit pareillement Croffé & Mitré; comme est aujourd'huy
celuy de Huy; & qui avec d'autres Prieurs & Abbez
tous Croffez & Mitrez, assistoit le Patriarche quand il
Officioit, ainsi que nous l'aprenons d'un vieux Formu-

Sanuto lib
3. expedit.
Terr. fan-
ſtæ parte
7.
laire du ſtile de la Chancellerie de Rome, & de Marin
Sanuto dit Toroſſelli ; d'autant que l'Evêque de Jeruſalem ayant été fait Patriarche à la Requiſition de l'Empereur Honorius, & n'y ayant pas d'Evêques qu'on pût
détacher des autres Primaties, pour les rendre ſuffragans
de Jeruſalem, on luy bailla l'Archimandrite ou grand
Prieur du ſaint Sepulchre, avec d'autres Prieurs & Abbez, tous Croſſez & Mitrés, qui l'aſſiſteroient au lieu
d'Evêques.

Quand Godefroy de Bouillon & Baudouïn ſon Frere,
eurent ôté du ſaint Sepulchre les Religieux de Sainte-
Croix, par ce qu'il étoient Grecs, & qu'il y eut établi
de nouveaux Religieux Latins, qui ont fait l'Ordre du
ſaint Sepulchre, le Superieur General de ce nouvel Ordre, marchant ſur les mêmes choſes établies par ceux
de Sainte-Croix, n'a pris non plus que le titre de Grand
Prieür, d'autant que ſelon la gloſe ſur la Clementine de
Electione, le propre des Chanoines Reguliers eſt d'avoir
des Prieurs ou Prevôts, & le propre des Moines eſt d'a-
voir des Abbez, ce que raporte auſſi l'Optique des Reguliers, & Gabriel Pennot. Et on voit qu'anciennement
tous les Chanoines Reguliers n'avoient point d'Abbez,
ſoûmis aux Evêques, comme dit Umbert & d'autres In-
terpretes ſur la Regle de S. Auguſtin : mais dépuis qu'ils
ſe ſont ſoûtraits de la Juriſdiction ordinaire des Evêques,
ils ont fait Croſſer & Mitrer leurs Prevôts ou Grands
Prieurs, & les ont qualifiez d'Abbez, ce que raporte
l'Optique des Reguliers. Et la Congregation du Mont
d'Olivet en Italie, a pareillement fait Croſſer & Mittrer
ſon Grand Prieur, à l'imitation de l'Ordre de Sainte Croix,
qui eſt le premier qui a eu ſon Grand Prieur Croſſé &
Mitré dans l'Egliſe de Jeruſalem, lors que cette Egliſe
fût erigée en Patriachalle.

ABREGE' DE LA VIE ET DES

Illuſtres Apparitions de Sainte ODILIE
Vierge & Martyre, au Bien-heureux Frere
Jean Nouvelan de Eppa.

AVERTISSEMENT.

NOVS diſons Sainte Odilie, & non pas Odile, comme nous paroiſſant plus naturel, & ayans vû celuy-la plus dans l'uſage: Car on le voit traduit de la façon par le Pere Odo de Gieſſy Ieſuite, dans l Hiſtoire de Sainte Vrſule; par le ſçavant Peyronet Curé de Nôtre-Dame du Taur de Toulouſe, dans ſon Onomaſticon, & par divers Religieux de l'Ordre. Et dire autrement, on fait equivoque avec l'Abbé Saint Odile de Clugni, ainſi apellé par Severet Theologal de Lyon, & par quelques autres Ecrivains & avec une autre Sainte Odile Vierge & Martyre, dont la Tête eſt dans les Convent de l'Ave Maria de Sainte Claire de Paris. Car c'eſt une des Regles de l'Academie Françoiſe, d'éviter les equivoques, & de ſuivre la verſion la plus naturelle, faite par des Perſones ſçavantes, telles que ſont celles que j'ay citées.

CHAPITRE PREMIER.

La Vie & Geneolagie de Sainte Odilie, Niepce de Sainte Helene.

SAINTE ODILIE Vierge & Martyre, donnée de Dieu à l'Ordre de Sainte-Croix pour Protectrice dans le Ciel, Nâquit l'année trois cens ſoixante-trois, ſelon la meilleure ſuppuration, la faiſant âgée de vingt ans lórs qu'elle ſouffrit le Martyre : Car ſa Tête, ſes Machoires, & ſes Oſſemens, qu'on voit à Huy, marquent une Fille

Q 3

formée & puiſſante.   Sainte Odilie étoit Fille de Maromée, Roy de la petite Bretagne, apèllée pour lors Calé-
doine, aujourd'huy le Royaume d'Eſcoſſe.   Maromée
étoit Empereur de Nom ſeulement, pour avoir pretendu l'Empire, auſſi bien que Dionoce Pere de Sainte Urſule Roy des Galles ou de Cornuval, & que Codan Roy
d'Angleterre, Pere de Conan Epoux pretendu de ſainte Urſule.   Ils établiſſoient leur pretention ſur ce qu'ils
étoient Parens de l'Empereur Conſtantin, par le moyen
de ſa Mere ſainte Helene : & à cauſe de cela, tous trois
& leurs Predeceſſeurs ſe qualifioient par fois Empereurs,
ainſi que remarquent Polidore Virgile dans l'Hiſtoire
d'Angleterre, Nauclere, Baronius, Henry de Nieubourg General de l'Ordre de Sainte-Croix, dans un
Verbal de la viſite de Sainte Odilie, & le Pere Dinart
du même Ordre dans ſa Legende ; & c'eſt ce qui ſuſcita
Maxime Prince Anglois, à ſe faire declarer Empereur,
& cinq autres aprés luy.

La Mere de Ste Odilie étoit Sœur de Codan Roy d'Angleterre, & petite Fille de Coël Roy d'Angleterre, Pere de
Sainte Helene, ſelon la Legende du Pere Dinart, & l'Hiſtoire du Pere Banel, & ſelon la Tradition de tout l'Ordre de Sainte-Croix, fondée ſur la revelation qu'on dit
que Sainte Odilie en fit au Frere Jean Nouvelan : d'où il
s'enſuit que ſainte Odilie ſa Fille, & du Roy Maromée,
eſt petite Niece de ſainte Helene Imperatrice, Mere de
l'Empereur Conſtantin ; car entre la naiſſance de ſainte
Odilie, & la mort de ſainte Helene, qui mourut ſelon
Euſebe vers l'an trois cens trente, il n'y a que trente-trois
années d'intervalle.

Cette parenté de ſainte Helene, & de ſainte Odilie,
eſt inconteſtable, comme il eſt inconteſtable par l'Hiſtoire la mieux averée par le Cardinal Baronius, que ſainte
Helene étoit fille de Coel Roy d'Angleterre, chez qui

logea Conftance Chlore envoyé Proconful en Angleterre, par l'Empereur Maximian Hercule. Car Conftance charmé de la beauté, & de la bonne grace de fainte
Helene, la demanda à fon Pere Coel, & l'Epoufa bien
que Chrêtienne, contre la Loy des Romains, qui dé-
fendoit le Mariage avec les étrangeres, aux Proconfuls
pendant leur Charges. Conftance eut de ce Mariage le
Grand Conftantin. Quelques années aprés, Conftance
fut rapellé par l'Empereur Maximian Hercule, qui luy
propofa de l'affocier à l'Empire, & de luy donner en Mariage la Princeffe Theodore, veufve de fon Fils, mort
depuis peu, Conftance s'accorde à tout cela, il repudie
fainte Helene, & Epoufe la Princeffe Theodore : ce qui
fit croire à la plûpart des gens, que fainte Helene ne
pouvoit être que fa Concubine, puis qu'il l'avoit Epou-
fée au prejudice de la Loy. Mais dés qu'il fut Maître de
l'Empire aprez la mort de Maximian Hercule, il s'expli-
qua mieux là deffus, car il dit que fainte Helene étoit fa
veritable Femme, il la reprit, & r'envoya la Princeffe
Theodore, avec des Enfans qu'il avoit eu d'elle.

La Princeffe Theodore & tous fes Parans, ne pouvans
autrement fe venger de cet affront, fe vengerent par
mille Libelles diffamatoires contre fainte Helene, la
qualifianstantôt d'ancienne Concubine, tantôt Fille d'un
Hôte, par ce que le Roy fon Pere avoit logé dans fon
Palais Conftance Clhore : & tantôt par equivoque Reyne de Drepane, au lieu de Bretagne, par ce que l'Empereur Conftantin fon Fils, fit apeller Helenopolis du Nom
de fa Mere, la Ville de Drepane en Bithynie. Ces Libelles ayans paffé à la pofterité, plufieurs Auteurs y ont ajoûté foy, fans s'être autrement informez de la verité : qui eft
que fainte Helene étoit Fille de Coel Roy d'Angleterre.

Cette Parenté établie entre fainte Helene & fainte
Odilie du côté de fa Mere, fait voir que Connan, apellé

Romaines qu'il commandoit, & du reste des Troupes de son Païs, qui desiroient autant par vanité, que Maxime par ambition, que les Princes Anglois se rendissent Maîtres de l'Empire, que tous les Soldats le proclamerent Empereur. Maxime alla promptement faire éclater son Empire & sa Cour à Treves, afin d'éblouïr tous les Royaumes voisins: & la Charge de Prefet qu'il avoit auparavant, il la donne à son Nom, au Prince Connan Æthere de Mariedac, Fils de Codan Roy d'Angleterre, pour surveiller à ce que persone ne remuë contre son nouvel Empire, & pour assujetir à sa domination tout ce qui resisteroit.

La Province de Bretaigne Armorique de France (car je ne sçay pas quel nom elle avoit en ce temps-là) reconnoissant que Maxime ne pouvoit ravir l'Empire à l'Empereur Gratien, luy refuserent l'obeïssance; Le Prefet Connan, tant pour s'acquerir de la reputation au commancement, que pour donner de la terreur à toute la Terre, entra dans cette Province avec toutes ses Troupes avec tant de fureur, qu'il en fit Terre neuve, en passant tout au fil de l'épée, dépuis le plus grand jusqu'au plus petit. Pour sa recompense, l'Empereur Maxime luy donna en nouveau Royaume cette Province & à tous ces Soldats: Et afin d'y établir de nouvelles Familles pour la repeupler, il envoya commandement aux Roys d'Angleterre, de Galles & d'Ecosse, d'y envoyer des Filles de toute sorte de condition, pour les marier châcune selon sa condition avec les Officiers, Cavaliers & Soldats.

Connan Æthere de Mariedac Nouveau Roy, demenda pour Femme la Princesse Ursule, Fille de Dionoce Roy de Galles. D'autres Princes de sa suite, demanderent pareillement les Princesses Odilie & Yde Sœurs, Filles de Maromée Roy d'Escosse. A l'exemple

de ces Roys, tous ceux qui avoient des Filles, furent
bien aifes la plûpart de les marier à bon marché, avec
des gens de leur propre Païs, que la fortune avoit fait
plus grands & plus riches qu'ils n'étoient pas, & tout
compté, il y en eut onze mille, dont les unes y alloient
de bon gré, & les autres à contre-cœur, qu'on embarqua
à Londres, pour leur faire traverfer la Mer droit à ce nouveau Royaume.

Et comme des Filles ont befoin d'Hommes pour
Chefs, le Roy Moromée commit un Evéque pour conduire Odilie & Yde, qui fouffrirent le Martyre entre fes
bras, ainfi que nous verrons cy-aprés ; car l'Angleterre
n'auroit pas produit onze mille Filles Chrêtiennes, fans
y avoir des Evêques ; Et faint Thomas de Chantpré, &
certaines Legendes affurent qu'il y auoit plufieurs Evêques pour accompagner ces onze mille Filles, foit comme Ambaffadeurs, ou comme Pafteurs de tant d'ames,
pour éviter qu'il ne leur arrivât aucun inconvenient, &
pour les époufer, & pour établir de nouvelles Eglifes
dans ce nouveau Royaume.

Mais Dieu qui ne peut appuyer l'injuftice, ny l'infide-
lité, que Maxime a commife contre fon Souverain, ren-
verfe tous ces deffeins ; & par des fecrets de fa Providence, il fufcita un vent contraire, qui au lieu de porter fes
Filles en France, les pouffa avant dans la Mer, & puis
dans l'embouchure du Rhin avec tous ceux qui les conduifoient, là où elles voulurent s'efforcer de monter le
long du coulant de l'eau jufques à Treves, où Maxime
tenoit fa Cour. Mais des Troupes de Barbares des Huns
& des Pictes, defcenduës de la Scythie au fecours de
l'Empereur Gratien, contre Maxime, fe trouvans devant
Cologne, voyant les Armes de Maxime aux Pavillons
des Vaiffeaux, leur couperent promptement chémin, à
deffein de les combattre. Leur furprife fut affez agrea-

ble de ne trouver que des Filles avec quelques Evêques, quelques Officiers & Matelots; Mais trouvans de la resistance en ces Saintes Filles pour la défense de leur honneur & pour le soûtien de la Foy du Christianisme, ils les égorgerent toutes comme des Agneaux. Sainte Odilie & Sainte Yde se refugierent entre les bras de l'Evêque qui les avoit en garde, & elles reçûrent le coup de la mort avec luy.

Ces Barbares en les Martyrisant, firent qu'un seul Epoux qui est Nôtre Seigneur, suffit pour Epouser onze mille Filles : Et aprez ce massacre ayans vîte poussé jusques en Angleterre. Les Officiers des Filles de condition, qui avoient échapé cette Boucherie, revindrent avec les Matelots, & avec les Habitans de Cologne, & enterrerent ces saintes Martyres le mieux qu'ils pûrent. Sainte Odilie & Sainte Yde sa Sœur, & cet Evêque qui les accompagnoit furent enterrez tous trois ensemble, châcun dans un Sepulchre de pierre, avec des petites bouteilles de terre, où il y avoit des billets contenants leurs noms & leur Genealogie, suivant que nous dirons au Chapitre de la Translation de leurs Reliques.

Il y à certaines Legendes qui font Saint le Fiancé de Sainte Ursule, que nous apellons Connan Ethere de Mariedac, conjointement de trois noms, que d'autres luy donnent separement. Il peut être qu'étant allé au devant de sa Fiancée, il la voulut suivre pour la secourir, & que par occasion il souffrit le martyre. Mais comme le Cardinal Baronius, ny l'Evêque Lindan n'osent en rien assurer, je laisse au Lecteur d'en croire ce qu'il voudra.

Ces deux Grands Personnages raportent cette Histoire dans ce sens, recueïllie par Gauffride Evêque d'Angleterre, & tirée du Vatican, laquelle tous les bons Ecrivains suivent, & le Breviaire Romain par ordre de Clement Pape dixiéme : rejettans comme Apocryphe, que ces onze mille Filles ayent jamais fait à Rome ce solemnel Pelerinage, qu'on leur attribuë.

Les Corps de ces onze mille Vierges ont été trouvés, les uns par rencontre, & les autres par des revelations, & ont été transportez en diverses parties du Monde. Ceux de Sainte Odilie & de Sainte Yde, & de cet Evêque, ont été revelez au Frere Jean Nouvelan de Eppa, Religieux de Sainte-Croix, par des apparitions authentiques, ainsi que nous allons voir.

CHAPITRE TROISIE'ME.

Les Apparitions de Sainte Odilie, au Bien-heureux Frere Iean Nouvelan de Eppa, dans le Monastere de Sainte-Croix de la Bretonnerie de Paris.

LORS que l'Ordre de Sainte-Croix fut extraordinairement persecuté, dont je ne nomme pas les persecuteurs pour n'interesser personne : ny n'en dis pas la cause pour n'avoir été qu'un pretexte qui a passé ; Dieu envoya du secours du Ciel. C'est la grande Sainte Odilie, qui en l'année mille deux cens quatre-vingt-sept, du temps d'Honoré quatriéme Pape, & de Philippe Auguste Roy de France, s'apparut dans le Monastere de Sainte-Croix de la Bretonnerie de Paris, au Bien-heureux Frere Jean Nouvelan de Eppa Religieux Convers. Cette Sainte ne choisit pas pour une faveur si extraordinaire, ny pour donner la commission qu'elle vouloit donner, les plus sçavans, ny les plus eloquens du Monastere : Mais le plus ignorant quand aux Lettres ; bien-que peut-être le plus sçavant en humilité.

Ce Bien-heureux Frere étoit du nombre de ceux qui

R 3

meritent de recevoir des Revelations ; d'autant qu'il passoit souvent les nuits en Prieres devant le Saint Sacrement, & devant une Croix où il y avoit du bois de la Sainte Croix de Nôtre Seigneur, ayant obtenu pour cet effet de son Prieur, ainsi que remarque l'Euêque Sponde dans la continuation de Baronius, une Chambre avec une petite fenêtre qui regardoit l'Autel. Il faut bien croire que ce Frere ne profanoit ny ses yeux, ny cette fenêtre, par des curiositésinutiles ; car ses yeux n'auroient pas merité de voir en divers temps, cinq des onze mille Vierges.

Sainte Odilie surprit de nuit ce Bien-heureux Frere sans lumiere afin qu'il n'y eut dans sa Chambre autre lumiere, que celle qu'elle y porteroit du Ciel par ses apparitions. Elle apparoît en Princesse, avec une Couronne brillante, pour faire connoître sa naissance ; & à même temps sa gloire dans le Paradis. La devotion qu'elle a eu pendant sa vie à l'adoration de la Croix, & son affection à l'Ordre de Sainte-Croix, paroit à cette heure icy, par une haute Croix qu'elle porte en main, d'où pendoit un étendart de couleur celeste, chargé de la Croix Rouge & Blanche de l'Ordre, d'où brilloient incessamment des rayons, qui éclairoient toute la Chambre. Sainte Odilie avoit pour Compagne dans toutes ses Apparitions Sainte Yde sa Sœur, aussi Vierge & Martyre. Elle dit son nom & sa naissance à ce Bien-heureux Frere ; Et enfin elle luy dit qu'elle étoit envoyée de Dieu, pour proteger l'Ordre de Sainte-Croix, & pour surveiller à ses necessitez ; & que si l'Ordre manquoit d'avoir recours à elle pour obtenir des graces de Dieu, qu'il tomberoit en ruïne. Et pour preuve de cette verité, elle dit, qu'elle & sa Sœur donnoient les Reliques de leurs Corps à l'Ordre, pour des gages eternels de sa parolle & de la Commission qu'elle avoit de Dieu ; & qu'étans dans des lieux inconnus à tous les hommes, elle luy reveloit qu'ils étoient aux Faux-bourgs de Cologne en Allemagne, dans le Jardin d'Arnulphe, sous un certain Poirier qu'il iroit arracher, d'où il porteroit ces Corps Saints à Huy, dans l'Eglise du premier Monastere de son Ordre, & Siege du General. Et cella dit elle disparût.

Dés que Prime fut ditte, & que le grand silence fut fini, le Bien heureux Frere Jean alla raconter sa vision au Pere Martin Herlet Prieur. Ce Prieur surpris d'une nouvelle si extraordinaire, bien qu'il sçeut que l'année precedente, sous le Prieur Henry Delmel, sainte Christine, sainte Basilie, & sainte Ymme, eussent apparu à ce Frere, feignit ne croire rien de ce qu'il luy disoit; & pour mieux verifier si ces visions étoient de la part de Dieu, en humiliant ce Frere, & pour éviter que le Demon ne le surprit pas, il le traitte d'Hypocondriaque & de lunatique, en luy soûtenant que ces visions sont des illusions diaboliques. Ce Frere se retire en silence, & bien que dans son ame il connoisse que l'apparition de sainte Odilie & de sainte Yde n'est ny phantastique ny diabolique, neanmoins il ne veut pas disputer contre son Prieur, il continuë ses Prieres à Dieu, & demande à sainte Odilie ses intercessions. Sainte Odilie luy apparoit une autre nuit, pour une seconde fois, en la méme façon, & luy reïtere ses commandemens. Ce Bien-heureux Frere dés qu'il fut iour, s'en retourne à heure convenable faire recit de sa seconde vision au Prieur. Le Prieur agissant avec prudence dans une affaire d'une si grande importance, pour éprouver encore si cette apparition de sainte Odilie est veritable, renvoye ce Frere plus rudement que la premiere fois, avec menaçe de luy donner en penitence s'il luy parle plus de ces visions. Le Prieur s'assuroit que si ces apparitions venoient du Demon, le Demon qui est orgueïlleux n'auroit plus de prise sur l'esprit d'un Religieux ; qui seroit abaissé & humilié par son Superieur. Cependant il ordonne le jeûne public, & des Prieres à sa Communauté, afin d'implorer le secours du Ciel dans une affaire de telle importance.

A quelque jour de là Sainte Odilie s'apparoit de la même façon, pour une troisiéme fois au Bien-heureux Frere Jean, elle luy demande raison de ce qu'il n'a pas été à Cologne déterrer leurs Corps; ce Frere allegue pour excuse l'obeïssance qu'il doit à son Superieur, qui ne vouloit rien croire de ce qu'il luy disoit; & peut-être qu'il s'excusa un peu indiscretement, sur la contrarieté de ses commandemens, avec les défenses de son Superieur : on ne sçait pas au vray toutes les circonstances de leur entretien, le Frere ne les ayant pas apparement toutes dites qu'à son Confesseur; tout ce qu'il manifesta fut que sainte Odilie & sainte Yde disparurent, & que s'étant trouvé dans les tenebres, deux Demons le saisirent & le foüettérent si rudement sur les épaules, qu'il croyoit être à la fin de sa vie, & peut-être qu'il l'y auroient bien-tôt reduit, si sainte Odilie n'eut promptement apparu pour la quatriéme fois avec sainte Yde sa Sœur. Cette quatriéme apparition mit fin à tout, car ayant chassé ces Demons par sa presence, & les tenebres par les rayons qui éclatoient de la Croix de l'Ordre qu'elle portoit en son étendart, elle consola le pauvre Frere, & luy commanda cependant de retourner à son Prieur quand il seroit jour, & luy dire que s'il differoit de luy donner obediance, qu'il seroit aussi rudement foüetté que luy; cela dit, elle disparoit pour la derniere fois.

Le Bien-heureux Frere Jean s'en va aprez Prime trouuer le Prieur, qui commence à le gronder, & luy donner quelque travail a faire; ce Frere ce jette à ses pieds, en le suppliant de l'écouter; il luy découvre ses épaules toutes déchirées qui parlent pour luy, & luy dit que sainte
                                                              Odilie

Odilie luy a commandé de luy dire que s'il ne luy donnoit pas obediance au plûtôt pour aller à Cologne déterrer fon Corps & celuy de fa Sœur, qu'il doit fe preparer a
être foüetté auffi rudement que luy. Le Prieur bien éton-
né d'un tel fpectacle, reconnut qu'il avoit un peu trop
éprouvé la patience de ce Frere, & craignant d'attirer fur
foy la colere de Dieu, s'il faifoit plus de difficulté d'accorder au Bien-heureux Frere Jean l'obedience qu'il luy demandoit dépuis fi long-temps : il affemble le Chapitre,
ou il apelle auffi le Bien-heureux Frere Jean ; il inftruit
toute la Communauté de ce qui fe paffe, & donne a choi-
fir un Compagnon au Frere Jean, qui choifit le devot Pere Loüis Defchamps Religieux Prêtre. Il leur donne
obedience, & ordonne au Procureur de la Communauté de leur donner de l'Argent pour leur voyage : Mais ces
deux Saints Religieux, pour ne fe rendre pas indignes
d'une telle faveur, fupplient le Prieur de fouffrir qu'ils
s'en allaffent comme des Penitens à pied, en ne vivant
que d'aumônes par les chemins. Le Prieur leur accorde
ce qu'ils demandent avec fa benediction. Ces bons Religieux partent de Paris en faifant penitence par les chemins comme ils ont propofé ; Ils paffent à Huy rendre
conte de leur voyage, au Pere Jean Richk de Cuichk
General de l'Ordre, qui leur confirme leur obedience,
& continuent leur voyage à Cologne.

CHAPITRE QUATRIE'ME.

*L'élevation des Corps de Sainte Odilie, & de Sainte Yde sa
Sœur, par l'Archevêque de Cologne, & leur Translation
dans le premier Monastere de l'Ordre de
Sainte Croix, à Huy.*

LE Bien-heureux Frere Jean Nouvelan de Eppa, & le
Devot Pere Loüis Deschamps étans arrivez à Cologne, sur la fin du mois d'Août, se rendirent le premier
de Septembre aprez le dîner, chez Arnulphe riche Bourgeois, qui étoit pour lors avec sa Femme dans son jardin
de plaisance, aux Faux-bourgs de la Ville de Cologne,
dans lequel étoient enterrez les Corps de Sainte Odilie
& de sainte Yde. Ces Religieux sont introduits dans ce
jardin, ils racontent à Arnulphe, comme ils viennent
déterrer des Corps de deux Saintes, qui sont dans son
jardin inconnus à tout le monde. Arnulphe consent à ce
qu'ils les cherchent ; mais dés qu'ils parlent d'arracher
un beau Poirier sous lequel ces Corps Saints sont enterrez, il s'y oppose, & les traittant d'imposteurs, dit que
son Poirier ne s'arrachera pas, & les fait chasser hors de
sa maison & de son jardin.

Ces Religieux ne furent pas dehors, que sa maison
commence à s'ébranler, comme si elle devoit s'écrouler
dans un moment par terre : les Valets crient l'allarme :
Arnulphe voit l'agitation de la maison, & entend
comme un craquement de toute la charpante, cela
pourtant n'amollit pas son cœur ; mais sa Femme qui
connoit que c'est une punition du Ciel, se jette à ses
pieds la larme à l'œil : luy remontre la faute qu'ils ont
faite d'avoir mal-traitté ces bons Religieux, & de n'avoir
pas souffert qu'ils arrâchassent ce Poirier : Arnulphe se

rend, il fait r'apeller ces Religieux: d'abord sa maison se
se trouve aussi assurée que jamais, & sans aucun danger
de ruine. Les Religieux r'entrent, Arnulphe fait arracher son Poirier si cher, par ses propres Valets : & les
deux Religieux de Sainte-Croix, achevent d'ouvir la
terre jusques à ce qu'ils trouvent trois Sepulchres de pierre, dont ils reservent l'ouverture à l'Archevêque, que
l'un d'eux va avertir, tandis que l'autre demeure à genoux
avec tous les assistans a garder les Sepulchres.

Sifrede Archevêque de Cologne, Prince Electeur du
Saint Empire, averti de cette merveille, fait assembler
tout le Clergé de son Chapitre. Le son des Cloches
avertit tout le Peuple, qui court en foule à l'Eglise Cathedralle. L'Archevêque se rend en Procession au jardin d'Arnulphe, & aprez avoir verifié que les Sepulchres
n'étoient suppofez ny ouverts, il ouvre celuy de Sainte
Odilie le premier, par rencontre ou par ce que quelque
marque en avoit été revelée au Bien-heureux Frere Jean.
A même-temps il en fortit une odeur si delicieuse, que
les malades qui étoient dans les maisons voisines la fentant en guerirent, & eurent les forces de venir honorer
les Reliques de Sainte Odilie. L'Archevêque avant de
lever les offemens, ouvrit une petite urne, ou bouteïlle
de terre cuite, qui étoit dans le Sepulchre, d'où il tira
un billet contenant ces mots, *Odilie Fille de Maromée Roy
de la petite Bretagne.* Ensuite il procede à l'ouverture du
fécond Sepulchre, où il trouva pareillement le nom de
Sainte Yde : Et en dernier lieu il ouvre le troisiéme, &
trouve que c'est le corps d'un Homme, & lisant le billet
qui y étoit pareillemét dans une bouteïlle de terre, il trouva tous les mots effacez, si ce n'est ce mot *d'Evêque* ; d'où
il connût que c'étoient les offemens d'un Evêque, qui
avoit souffert le martyre avec Sainte Odilie & fainte Yde:
que le Roy Maromée leur Pere, leur avoit donné pour

les conduire & en avoir foin.

L'Archevêque rend des honneurs publics aux Offemens des Saintes Odilie & Yde ; mais il n'en rend aux
Offemens de cét Evêque qu'en particulier, d'autant qu'il
n'étoit point compris dans la Revelation, & qu'il ne fit
non plus aucuns miracles. Enfuite il porte en Proceffion
dans l'Eglife Cathedrale les Offemens de Sainte Odilie
& de Sainte Yde, & les expofe à la devotion publique
avec toute forte de magnificenee, pendant certains jours;
L'expofition finie, le Chapitre fait renfermer dans la
Sacriftie ces Reliques, s'oppofant qu'elles fuffent déli-
vrées aux deux Religieux de Sainte-Croix, difant qu'elles ne feroient pas mieux chez les Religieux de Sainte-
Croix, que dans l'Eglife Cathedralle de Cologne. Les
Religieux de Sainte-Croix au contraire, alleguent pour
leur raifons la volonté de Dieu. Les Chanoines croyans
changer les ordres, donnerent aux Religieux de Sainte-
Croix le Corps de Ste Ymne, que le Bien-heureux Frere
Jean avoit découvert l'année precedante. Ces Religieux
acceptent ce Corps Saint, mais non contens de cela,
ils font toûjours a importuner l'Archevêque. Dieu qui
execute fes ordres comme il veut, toucha le cœur de
l'Archevêque, qui craignant la colere de Dieu, ordonna au Prêtre Sacriftain qui avoit en garde les Corps de
Sainte Odilie & de Sainte Yde, de les delivrer de nuit
aux Religieux de Sainte-Croix, à l'infceu des Chanoines, promettant de le mettre a couvert auprez d'eux, ce
que cet Ecclefiaftique fit : tellement que les Religieux
de Sainte-Croix, au lieu de deux Corps Saints, en eurent trois : & les Chanoines en eurent moins qu'auparavant; pour n'avoir pas voulu fe contenter de ce que Dieu
leur avoit donné. L'Archeveque enfuite commanda à fon
Official, de leur delivrer un Verbal de l'élevation de ces
Reliques, & au Portier de la Ville de leur ouvrir de nuit la

porte, afin que ces deux Religieux ne fussent surpris ny
arêtez de personne. Le B. Frere Jean, & le P. Louïs Deschamps ne perdent pas temps, ils se chargent promptement de ces Sacrées Reliques tant desirées ; ce que le
Pere Odo de Giessi Jesuiste ne peut mieux exprimer,
qu'en disant qu'ils sortirent de nuit en cachette de Cologne : & qu'ils s'enfuïrent au plus vîte, sans découvrir
leur secret à personne par le chemin, jusques à ce qu'aïans
pris retraitte proche de Hersel dans le Monastere de Vi-
vegnis, ou vieux Vinet, de Religieuses de Cisteaux,
Sainte Odilie même les découvrit, ayant miraculeusement gueri une Religieuse dépuis long-temps paralitique : en memoire dequoy elles firent mettre à leur Autel
une Statuë à l'honneur de sainte Odilie.

De là ils traversent le plus secretement qu'ils peurent
la Ville du Liege, & arriverent la veïlle de l'Exaltation de Sainte Croix, à un Faux-Bourgs de la Ville de
Huy, où ils furent reçeus par la Procession des Religieux
de Sainte-Croix, accompagnez des Chanoines des deux
Collegialles, jusques à l'Eglise Paroissielle de S. Pierre,
où l'on mit ces Reliques en dépôt jusqu'au lendemain,
que le General de l'Ordre de Sainte-Croix les alla prendre en Procession avec sa Communauté, accompagné
des deux Chapitres Collegiaux de la Ville, du Gouver-
neur du Château, des Eschevins & Corps de Ville, ainsi qu'il est raporté dans les Memoires de l'Ordre, & dans
les Archives du Chapitre de Nôtre Dame, au raport du
Sieur Jean Capgea Doyen. A l'entrée de la Ville, Sainte Odilie donna déja des preuves de sa protection qu'elle rendroit à la Ville de Huy, en guerissant sur le champ
à la veuë de tout ce Clergé, & de tout le peuple, une
Bourgeoise qui ne marchoit dépuis long-temps qu'avec
des potences. Cette solemnelle Procession étant entrée
dans la Ville, on fit Station dans l'Eglise Collegialle de

Nôtre-Dame, fortans de là, ils furent arrêtez par la Proceffion des Peres Cordeliers, qui leur firent faire ftation fur un Autel magnifique qu'ils avoient dreffé devant leur Convent, ce qu'ils ont écrit dans leurs Archives. Enfuite la Proceffion fortant de la Ville, monta dans l'Eglife du Monaftere de l'Ordre de Sainte-Croix, ou les Reliques furent colloquées, & la Grand'Meffe chantée, & la Fête de Sainte Odilie fut folemnifée à même jour de l'Exaltation de Sainte-Croix, qui étoit le jour de la Tranflation des Reliques, pendant l'efpace de cent trente-un an: Mais parce que l'Exaltation de Sainte Croix eft Fête Titulaire de l'Ordre; le Chapitre General foûs Helmie d'Amour General, en l'année mil quatre cens vingt-un, la transfera au quinzieme jour de Juillet, auquel jour la met le Martyrologe d'Ufvard & autres Autheurs. Et peu de temps aprez, un autre Chapitre General foûs Henry de Nienbourg General, la transfera au dix-huitiéme de Juillet, auquel jour la met dépuis le Breviaire de l'Ordre, & le Martyrologe François par Sauffay, & le Martyrologe de Molan.

A même temps que le Corps de Sainte Odilie fut pofé dans l'Eglife des Religieux de Sainte-Croix de Huy; ceux de fainte Yde & de fainte Ymme y furent auffi pofez, & le Corps de cet Evêque trouvé avec les leurs, fut mis en un lieu fecret. Mais il faut avoüer que les Hiftoriens ne parlent quafi point d'autre Sainte que de Sainte Odilie; d'autant que c'eft la feule qui a été donnée de Dieu pour Protectrice generalle à l'Ordre; & c'eft auffi quafi la feule qui fait des miracles extraordinaires; comme l'on peut voir dans Ufvard, Molan, Herman Flejen dans l'Apologie des onze mille Vierges, Erhard Vuinheim Chartreux dans fon Sacraire de Cologne, Miræus dans la recherche du lieu du Martyre des onze mille Vierges, Chapeaville Vicaire General du Liege, parle

neanmoins de ces trois Saintes dans son second Tome
de l'Histoire du Liege, comme ayant visité leurs Reliques. Le Pere Odo de Giessi dans l'Histoire de Sainte
Ursule, Jean le Prêtre dans sa Cronique du Liege; la
Cronique de Gemblours, Brustemius dans les Chroniques du Liege en parlent aussi: Le Recueil des Saints
de Flandres & de Liege parle de ces trois Saintes, & du
Corps de cet Evéque. La Legende du Pere Hubert Dinart Religieux de Sainte-Croix, l'Histoire de Sainte
Odilie par Bannel Religieux de Sainte-Croix. Le Verbal de l'Official de Cologne, touchant l'Invention de
sainte Odilie & de sainte Yde, fait aussi foy de sainte Basilie, sainte Christine & de sainte Ymme, trouvées l'année auparavant par le méme Bien-heureux Frere Jean,
après les apparitions qu'il en avoit euës, & les Leçons de
la Fête de sainte Odilie sont tirées en partie de ce Verbal. La Ville de Huy en fait grand Fête, & va en foule
avec toute la Campagne adorer les Reliques de sainte
Odilie. Le Chapitre Collegial de Nôtre Dame en fait
memoire. Les Religieux de saint Florent de Deventer
au païs de Gueldres, en font la Fête & l'Office, pour en
avoir obtenu du General de l'Ordre de Sainte-Croix
une Relique. Les Capucins de Huy lors de leur établissement, en obtindrent une autre, & firent Sacrer leur
Eglise sous l'invocation de saint François & de sainte
Odilie, & en font aussi l'Office. Le Chapitre Cathedral
de Cologne ayant demandé à l'Ordre, le Bien-heureux
Frere Jean pour faire des quêtes pour la Fabrique de leur
Eglise, luy donnerent pour recompense des Cheveux
de Nôtre Dame, dans une Croix d'argent à montre de
crystal, par Acte Capitulaire de l'année mille deux cens
nonante-quatre, où ils font mention en general de plusieurs Corps des onze mille Vierges qu'il avoient
trouvez.

CHAPITRE CINQIE'ME.

Abregé des Miracles Insignes de Sainte Odilie à l'égard de l'Ordre de Sainte-Croix, dont elle est la Protectrice.

UN des grands Miracles de sainte Odilie en faveur de l'Ordre, est d'avoir fait cesser la persecution contre l'Ordre, dés le moment que son Corps y fut reçeu. L'autre est d'avoir attiré une si grande quantité d'Aumônes & de Dons au Monastere de Huy, par les faveurs qu'elle faisoit au Peuple, que dans moins de cinquante ans les Religieux eurent dequoy faire bâtir une nouvelle Eglise si magnifique, qu'il faudroit aujourd'huy plus de cinq cens mille francs pour en faire bâtir une pareille, laquelle fut sacrée en l'année mille trois cens vingt-deux, par Herman Evéque de Halen, Suffragant d'Aolphe Evéque & Prince du Liege, dont l'Evéque d'Autun qui a écrit la vie des Pieux Cardinaux, n'en peut mieux exprimer la beauté, qu'en l'apellant le Temple de Croisiers. Un autre est, d'avoir empêché manifestement que l'Ordre ne soit tombé sous le gouvernement de deux Chefs pretendans la méme Charge, dépuis que le Chapitre sous le Pere Libert de Jean en l'an mille quatre cens dix, eut fait vœu à sainte Odilie, de finir le Chapitre General par une Procession ou les quatre Definiteurs generaux porteroient ses Reliques; & par une Messe à son honneur en actions de graces. Tellement donc que sa protection continuelle à l'égard de tout l'Ordre en general, est un continuel Miracle.

A l'égard des Religieux en particulier, Elle en fait une infinité qu'on a negligé de mettre par écrit, pour
être

trop frequens, ainſi qu'ont remarqué le Pere Hubert Dinart dans ſa Legende , & le Devot Pere Corneille Clotingen General de l'Ordre dans ſes Sermons ; & il n'y a
aujourd'huy Religieux de l'Ordre de Sainte-Croix, qui
n'ayt ſon recours & pendant ſa vie , & pendant ſes maladies & à l'heure de ſa mort à ſainte Odilie , dont nous ne
pouvons pas ſçavoir tous les miracles interieurs & exte-
rieurs qu'elle opere à leur égard : neantmoins nous en
dirons quelques uns qu'elle a faits à l'égard de quelques
particuliers, comme celuy qu'elle fit en l'année mile quatre cens quarante-ſix , en faveur du Devot Pere Henry
de Nieubourg General de l'Ordre , alité de continuelles
gouttes ; & en faveur du Frere Gilbert Fraïtur Donat
quaſi mourant de longue douleur de téte ; elle apparut à
Frere Gilbert avec l'étendart de la Croix de l'Ordre, de
la méme maniere qu'elle avoit apparu au Frere Jean
Nouvelan , & luy ayant dit qu'elle étoit venuë le guerir
de ſon mal de tête , pour avoir eu recours à elle , elle luy
commande d'avertir ſon General de ſe recommander à
elle , & qu'elle le guerrira de ſes gouttes , pourvû qu'il
luy promette de faire des quêtes pour luy faire faire une
Chaſſe d'argent au lieu de celle de Bois. Le General à
cette nouvelle remiercia d'abord Dieu & la Sainte de l'a-
voir prevenu ; il fait ſon vœu, il guerit , & allant enſuite
par la Ville & par la campagne, tout à pied , de porte en
porte, ne vivant que d'aumônes par penitence, fit une
quéte ſi conſiderable qu'il fit faire un Chef, & une Chaſſe d'argent des mieux faits, & des plus riches qui ſoient
dans le Païs. En l'année mille quatre cens quatre-vingt
cinq , elle obtint de Dieu miſericorde , & le temps de
faire penitence, pour un Religieux de l'Ordre , que Dieu
avoit châtié d'une maladie mortelle , pour avoir été aſſez
temeraire de celebrer la Meſſe en état de peché mortel.
Elle guerit d'une rupture le Pere Stomel Sacriſtain , &

T

des douleurs des dents le Pere de Quez Religieux de
l'Ordre en Zelande. Et en mil six cens treize, elle retira
du mal'heureux état d'impenitence finale aux prieres de
toute la Communauté, Frere Jean Falaï Donat; qui à
la fin demanda un Confesseur, & sa Confession faite, il
mourut en état de Grace, dont les Diables témoignerent
tant de déplaisir, qu'ils abandonnerent son ame, & le
Convent avec des hurlemens épouventables.

Le Miracle qu'elle fit en mille six cens quatorze, en
faveur du Pere Gilles Duquet Religieux de Huy, n'est
pas moins considerable : ce Pere qui étoit tres devot,
étant attaqué d'une Ethisie, dont il avoit langui long-
temps, fut abandonné à la tentation du Diable pendant
demy heure avant sa mort, pendant lequel temps on le
croyoit mort; étant revenu à soy, il dit aux assistans qu'il
avoit vaincu & triomphé du Diable, par la vertu de la
Croix, & par le secours de Sainte Odilie, & cela dit, il
mourut en odeur de Sainteté ; d'où nous voyons que
Sainte Odilie comme Protectice de l'Ordre, assiste à la
mort ses Religieux; ce qui nous fait croire qu'elle assista
d'une maniere bien favorable le Bien-heureux Frere Jean
Nouvelan de Eppa, Religieux Convers du Monastere
de Paris, à qui elle s'étoit apparuë quatre fois, pour luy
reveler son Corps : Mais comme nôtre dessein n'est que
de faire un Abregé des principaux Miracles qu'elle a faits
à l'égard de l'Ordre, nous ne fairons aussi qu'un Abregé
des Miracles qu'elle a faits au dehors de l'Ordre.

CHAPITRE SIXIE'ME.

Abregé des Miracles que Sainte Odilie a faits en faveur de plusieurs personnes hors de l'Ordre de Sainte-Croix.

SAINTE Odilie prouva bien sa Sainteté en presence de l'Archevêque de Cologne , & de tout son Clergé , dés que cet Archevêque eut ouvert son Sepulchre, en guerissant par la bonne odeur que ses Ossemens exhaloient , les Malades du Faux bourg de Cologne , avant méme qu'ils eussent recours à elle. Et en faisant beaucoup de merveilles dans la Ville de Cologne , tandis que ses Reliques demeurent exposées dans l'Eglise Cathedralle. Dés que ses Reliques furent transportées de Cologne , elle guerit à Vieux Vinet cette Religieuse Paralitique , à son entrée dans Huy , elle guerit cette Bourgeoise paralitique des jambes : enfin ayant été mise dans dans le Monastere de Clair-Lieu , qu'elle à choisi pour le lieu de sa demeure , elle a continué d'y faire tous les jours une si grande quantité de Miracles , qu'un Notaire de la Ville de Huy de ce temps-là , a laissé dans ses vieux Registres , que le nombre en étoit si grand , que c'étoit assez de dire qu'elle en faisoit tous les jours de toute sorte de façons. Et en effet en demandez vous touchant les fiévres? Le Vase de terre où son seul nom étoit renfermé, qui fut trouvé dans son Sepulchre , au raport de l'Official de Cologne dans son Verbal , guerit tous les jours de toute sorte de fiévres , en beuvant de l'eau qu'on y a mis dedans. En voulez vous touchant la douleur des dents? Elle en guerit en mille quatre cens quatre vingt six , Pierre de Quez Religieux en Zelande , & Nadau le Blanc

Bourgeois de Huy , & un autre d'une rupture. En mille
quatre-cens quatre-vingt six , elle guerit du Haut mal,
Aleïs Uvarnan honête Femme de Hasbanie , & d'une
maladie mortelle le Superieur de Saint Florent de Deventer, En l'an mille quatre-cens quatre-vingt trois, el-
lle guerit la Fille de Gilles d'Elseme de Huy, que la Peste
metttoit en danger d'avortement , & luy obtint de Dieu
que son Avorton fut aussi parfait, comme s'il eut été à
temps : & delivra de l'avortement prochain la Femme
de Jean Thibaut , & Elizabeth Tonon : & guerit de Pa-
ralisie une Demoiselle de Treves ; Et de la mort prochai-
ne une Demoiselle de Saint Vitou : Et là pareillement
la Femme de Nicolas le Blanc. En l'année mille quatre
cens quatre vingt trois , elle fit cesser par ses intercessions
une peste generalle dans la Ville de Huy , dés que le
Bourgue-Mestre & les Echevins , par le Conseil de tout
le Clergé luy eurent fait vœu.

Le Pieux Cardinal Errard de la Mark Evêque & Prince du Liege , se voüa luy & ses Etats à sainte Odilie , &
ayant experimenté sa Protection fit dresser de son vivant
son Statuë à genoux devant ses Reliques , offrant son
cœur par son entremise à Dieu , avec cette Epitaphe,
Votis decipimur ; tempore fallimur ; mors ridet curas. Anxia vi-
ta ; nihil. C'est à dire ; *Nos desirs nous amusent : le temps nous*
trompe , nos soins n'arrêtent point la mort : & la vie remplie de
chagrins , n'est rien. Ferdinand de Baviere Archevêque
de Cologne, Electeur de l'Empire, Evêque & Prince du
Liege, à l'imitation de ce grand Cardinal, ne trouva pas de
meilleur remede pour appaiser la Guerre Civille qui s'al-
lumoit entre ses deux Etats , que d'avoir recours à Sainte
Odilie , à laquelle il fit vœu en l'année mil six cens trente-
un , luy donna une Lampe d'Argent , & fit retraitte spirituelle quelques jours au Monastere de Sainte-Croix de
Huy , où sont les Reliques de Sainte Odilie.

IHS

ABREGE'
DES SAINTS CANONISEZ
DE L'ORDRE
DE SAINTE-CROIX.

AINT CLETE Pape & Martyr, Fondateur de l'Ordre de Sainte-Croix, ainſi
que nous avons fait voir au Chapitre de
l'Antiquité de l'Ordre, étoit Fils d'Æmile
Senateur Patrice de Rome, au raport de
Platine : il fut choiſi par Saint Pierre, pour
ſon Coadjuteur & Evêque Suffragant ; & fût ſon ſecond
Succeſſeur à la Papauté. Il fut trés-zelé pour l'adoration
de la Croix & des Saints Lieux ; Ce qui luy donna le
mouvement d'établir l'Ordre de Sainte-Croix, ou des
Croiſiers, dans ſa Maiſon Paternelle à Rome, & dans
Jeruſalem. Il fut martyriſé ſous la perſecution de Domitien, l'an de Nôtre Seigneur quatre vingt-onze. Le
Martyrologe Romain met ſa Fête le vingt-ſixiéme Avril.
Les Martyrs du méme Ordre des Croiſiers Martyriſez
ſont en grand nombre par le méme Empereur Domitien,
& l'on ne ſçait pas leur nom en particulier, pluſieurs Autheurs qui parlent de l'Antiquité de l'Ordre de Sainte-

Croix, ou des Croifiers, er tr'autres le Pere Marc Antoine Bolduc Venitien , & l'Ocean des Religions & autres font mention de ces Martyrs en termes generaux.

SAINTE Helene Imperatrice, qui a rétabli & réfor-
mé l'Ordre des Croifiers, ou de Sainte-Croix, en
l'année trois cens vingt-fix , en la Ville de Jerufalem,
dans le celebre Monaftere du S. Sepulchre qu'elle fit bâtir;
où elle leur bailla à garder la Ste Croix & le S. Sepulchre.
Elle établit pour leur Superieur le Rabbin Judas, à qui S.
Machaire donna le nom de Quiriace, Perfonnage tres fçavant , qui luy avoit découvert par force l'endroit ou étoit
enterrée la Croix de Nôtre-Seigneur, & qui étoit devenu auffi zelé que l'Apôtre Saint Paul, quand il eut vû les
Miracles que fit la Croix. Elle leur ordonna felon leur
Inftitut, la predication de la Croix, la conduite des Pelerins qui viendroient vifiter les Saints Lieux ; les quêtes
publiques pour entretenir les Pelerins dans les Hôpitaux
qu'elle établit , ainfi que remarque Gregoire Rives, dans
fa controverfe Hiftorique, & dans fes Confreries; & fit
faire l'Itineraire pour les Pelerins, Imprimé dépuis peu.
Elle mourut à Rome, âgée felon Eufebe de quatre-vingts
ans & plus. Le Martyrologe Romain met fa Fête le dix-
huitiéme Août.

SAINT Quiriace, ou Cyriace, qui eft la même chofe quand au nom, & quand à la perfonne, fut fait Archimandrite, c'eft à dire Grand Prieur & General de
l'Ordre des Croifiers, ou de Sainte-Croix , par fainte
Helene, ainfi que nous avons dit. Baronius, & l'Evêque
Sponde le font Rabbin, c'eft à dire Docteur parmy les
Juifs. La Legende Dorée qui le fait Parent de Saint

Etienne, dit qu'il n'y avoit que ceux de sa Famille, qui
sçavoient par tradition secrete l'endroit ou étoit enterrée
la Croix de Nôtre Seigneur. Il s'apelloit Judas le Docteur;
les autres Rabbins & Magistrats de Jerusalem, pour éviter la ruïne de leur Ville, le livrerent à Sainte Helene,
à qui il découvrit par contrainte le lieu de la Sainte-
Croix; dont il vit quantité de Miracles, raportez par
Saint Paulin & par Saint Ambroise, l'Evêque Equilin &
la Legende Dorée, qui l'obligerent à se convertir & à
prêcher luy-même l'adoration de la Croix. Saint Machaire Evêque de Jerusalem le bâtisa, & luy donna en Grec
le nom de KYRIACOS, qui en François veut dire Dominique, ou bien du Seigneur; & parce que les uns tour-
nent le K, ou *Cappa*, par *Qu*, & les autres par *C*, de la
vient que les uns l'apellent Quiriace, & les autres Cyriace. Il fut donc fait General, & Reformateur de l'Ordre des Croisiers ou de Sainte-Croix par Sainte Helene,
qui voyant qu'il gouvernoit l'Ordre si saintement, le fit
faire Evêque: Le Cardinal Baronius & d'autres Historiens, ne peuvent s'accorder si ce fut de Jerusalem, par
ce qu'à même temps S. Cyrille qui luy survéquit, en étoit
Evêque, ou s'il étoit son Coadjuteur lors que les persecutions le chassoient de Jerusalem s'où il étoit Evêque d'Ancone en Italie, ainsi que ceux d'Ancone qui ont son Corps
le reconnoissent, & comme le Cardinal Baronius le croit.
Ce Saint souffrit le Martyre à Jerusalem avec Ammo-
nius, & d'autres de ses Religieux, dit Maurolicus dans
son Martyrologe: le Cardinal Baronius dans ses Notes
sur le Martyrologe Romain, dit que ce fut en visitant les
Saints Lieux, & sous la persecution de Julien l'Apostat.
Saint Quiriace est reconnu pour un des Fondateurs &
Patrons de l'Ordre, generallement par tout l'Ordre des
Croisiers ou de Sainte-Croix, qui ont été depuis son
temps. Sa Vie est plus amplement écrite dans les Marty-

rologes, Legendes, & Autheurs déja cittez au Chapitre
de la premiere Restauration de l'Ordre, qui mettent sa
Fête le quatriéme May.

SAINT Reynaut, Saint Sollicite, & Saint Mauriche
Religieux du méme Ordre, Confesseurs, ainsi que
raporte le Martyrologe de Maurolicus à l'usage du Romain, & autres Auteurs. Leurs Corps sont dans l'Eglise
d'Ancone en Italie, dans des Sepulchres de pierre derriere des grilles de fer, à droit & à gauche du Corps de
Saint Quiriace, ce que j'ay vû en les visitant. Leur Fête
est le sixiéme de Mars. Sabellicus les fait Martyrs.

Soûs le Regne de l'Empereur Leon Isaurien, grand
Ennemy des Images, & méme couvertement de la
Croix, bien qu'il en souffrit dit-on par politique les ado-
ration publiques; Il y eut des Religieux Croisiers per-
secutez & maltraittez, ainsi qu'on collige de Saint Jean
Damascene, dans la Vie de Saint Etienne le jeûne.

SAINT Libere Religieux de l'Ordre de Sainte-Croix,
étoit Fils d'un Roy d'Armenie, ainsi que raporte le
Martyrologe de Maurolicus à l'usage du Romain.

SAINT Vanture de l'Ordre de Sainte-Croix, dont
la Fête est le trentiéme d'Avril, selon le méme Martyrologe, & selon Sabellicus qui le fait natif de Spolete.

SAINTE ODILIE Vierge & Martyre, Sainte Yde sa
Sœur, & Sainte Ymme leur Compagne, desquelles
Nous avons cy-dessus écrit l'Histoire.

ABREGE'

ABREGE'
DES BIEN-HEUREUX
ET PERSONNAGES
MORTS EN ODEUR DE SAINTETE'.

De la Réforme & Restauration du Bien-heureux THEODORE, *sans parler de ceux des autres Branches.*

E Bien-heureux THEODORE DE CELLES, dont nous avons écrit la Vie cy-dessus. Ses quatre premiers Compagnons, & premiers Peres de l'Ordre, qui s'apparurent avec luy dans l'Eglise de saint Lambert du Liege, au Prêtre Abbatule Sacristain, en chantant l'Antienne de la Croix, sont estimez quatre Saints Personages.

LES Religieux envoyez en la Terre-Sainte par le Bien-heureux Theodore, avec l'Armée de la Croisade, en l'année mille deux cens dix-neuf, qui souffrirent le martyre devant Babylonne par les innondations du Nil, & par les Armes de Corradin Sultan.

V

L E Pieux Pere Pierre de Val-court, sorti des Comtes de Rochefort, & de Lossen, & de Cinien en Allemagne, fût un des quatre Chanoines qui garderent la Communauté de vie avec le Bien-heureux Theodore, aprez que le Chapitre de saint Lambert l'eut abandonné: Et fût celuy qui eut toûjours le Gouvernement du Monastere de Clair-Lieu à Huy, pendant les frequents voyages du Bien-heureux Theodore. Il fût aussi un des quatre qui apparurent miraculeusement avec le Bien-heureux Theodore, dans l'Eglise de saint Lambert. Le Bien-heureux Theodore disoit de luy que les vertus qui n'étoient que separement dans les autres Religieux, étoient toutes assemblées en luy. Il fût le premier Successeur du Bien-heureux Theodore dans la Charge de General, qu'il exerça saintement, recommandant à ses Religieux la paix entre eux, & la charité, comme les principales vertus de l'état de la Religion.

Pendant l'exercice de sa Charge, les vieux Croisiers d'Italie, rendus dépendans de la Réforme du Bien-heureux Theodore, voulurent mettre en dispute certains Reglemens du Bien-heureux Theodore, l'élection du General, & le droit de Primace du Monastere de Huy; sur quoy le Pieux Pere de Val-court, obtint d'Innocent quatriéme Pape, qui étoit pour lors à Lyon, une Commission adressante à Henry de Gueldres Evêque du Liege, tant pour verifier cette Primace du Monastere de Huy, & droit d'élire le General: que pour prendre un Breviaire & Missel pour l'Ordre, & reduire en Statuts & Constitutions les Reglemens du Bien-heureux Theodore, & les definitions des Chapitres Generaux passez, & reprendre l'Habit blanc comme le reste des Chanoines Reguliers, qui jusques alors n'avoient quasi porté tous

que le noir, ainſi que remarque le Cardinal de Vitry : Et
tout cela fût fait, pour couper chemin au remuëment
que vouloient faire tous les Croiſiers d'Italie, & pour
faire paſſer comme une Loy authoriſée du Pape, ce
qu'ils vouloient mettre en Controverſe, & maintenir par
ce moyen la Charge de General dans la Réforme du
Bien heureux Theodore, & la Primace dans le Monaſtere de Huy, & rendre par ce moyen l'Etat de l'Ordre
inébranlable. Ce qu'enſuite le Pape Innocent quatriéme confirma par une Bulle Conſiſtoriale; & aprez avoir
vû le Verbal de l'Evêque du Liege, il ordonna que le Monaſtere de Huy auroit le droit de Primace ſur tout l'Ordre des Croiſiers. Le Pere de Val-court ayant mis les
choſes en cet état, crût reduire les Croiſiers d'Italie:
mais il laiſſa cette affaire, bien qu'inutilement à ſon Succeſſeur Jean de Sainte Fontaine, par ce que la mort le
ſurprit au Convent de Maſec, le vingt-neufviéme Decembre de l'an mille deux cens quarante-neuf, à laquelle il ſe prepara par la reception des Sacremens, & en ſe
faiſant lire les Pſeaumes Penitentiaux, & les Soliloques
de ſaint Auguſtin.

LEs Bien-heureux Martyrs de Livonie, qui furent
une Troupe de Religieux que le Pieux Pere de
Val-court envoya en Miſſion en Livonie, au de là de la
Pologne, avec Albert Evêque de Rige, qui étoit venu
au Concile de Lyon, en mille deux cens quarante-cinq,
où ils furent martyriſez par les Peuples Infidéles de ce
Païs-là

LE Pieux Pere Nicolas de Rochefort, huitiéme General, Fils des Comtes de Rochefort, Neveu du
Pere de Valcourt, reçût son education, & en suite l'Habit dans l'Ordre de Sainte-Croix, dont ses Parens avoient
fondé le Monastere de Subzen, il joignit une grande
humilité avec une grande Noblesse, ce qui luy merita
la Charge de General le jour de l'Exaltation de Sainte-
Croix. Il défendit fortement son Ordre contre les taxes
dont certains Princes le foulloient, jusques à porter sa
plainte au Pape, qui interposa son Autôrité. Pendant
ses maladies il faisoit reciter en forme de Chœur à deux
Religieux en sa presence l'Office Divin, pour y joindre
son intention : & se faisoit lire à d'autres le Livre de la
preparation à la mort, composé par le Pere Jacques Ange Anglois, un de ses Predecesseurs. Il mourut en odeur
de Sainteté le jour de l'Invention Sainte-Croix, l'année
mille trois cens vingt, ainsi que le jour de son Election,
douze ans auparavant il l'avoit souhaitté.

LE Bien-heureux Frere Jean Nouvelan, natif du
Bourg d'Eppa en France, fût reçû Religieux Convers au Monastere de Sainte-Croix de la Bretonnerie de
Paris, la seconde année aprés que Saint Loüis l'eut fondé. Il eut des apparitions de cinq des onze mille Vierges, ainsi que nous avons dit dans l'Histoire de Sainte
Odilie, ce qui marque une grande pureté de cœur en
luy. Sa grande obeïssance parut en ce qu'il prefera toûjours la défense que son Prieur luy faisoit, au commandement de ces Saintes Vierges : & sa Pauvreté Evangelique, en ne voulant pas de viatique pour aller déterrer

leurs Corps. L'Evêque Sponde dans la suite des Annales, parle de sa grande devotion à la Croix de N. Seigneur, ayant obtenu une Chambre qui avoit une fenêtre sur l'Autel, où il passoit souvent la nuit en Prieres. Sa Sainteté de vie connuë de tout le monde, paroit en ce que le Chapitre Cathedral de Cologne le demanda à l'Ordre, pour faire des quêtes pour rébâtir leur Eglise, & luy donnerent des Cheveux de Nôtre-Dame, par un Acte Capitulaire. Il mourut en Allemagne dans les fatigues de ces quêtes, âgé d'environ soixante-ans, qualifié dépuis du Titre de Bien-heureux par tout l'Ordre.

QUATRE Religieux de l'Ordre, qui en mille trois cens quarante, apparurent trois fois en compagnie de l'Apôtre Saint Mathias, au Comte de Meroda, pour luy faire bâtir le Monastere de Saint Mathias, dans sa Forest de Soissambrou au Duché de Juïllers.

LE Pieux Pere Martin d'Avans, neufviéme General, fameux Docteur en Droit Civil & Canon, se fit Religieux de l'Ordre de Sainte-Croix, âgé de trente-ans, connoissant les vanitez & les tromperies du Monde : peu de temps aprez il fût fait General. Sa sage conduite parût à maintenir l'Ordre dans l'union entr'eux, & avec l'Eglise, & aussi avec Jean vingt-deuxiéme Pape, dans un temps qu'un Ordre tres celebre vouloit condamner d'Heresie ce Pape; & que Loüis de Bavieres pretendant être Empereur, & Pierre de Corberie pretendant être Pape, divisoient l'Eglise, & portoient encore la division jusques dans les Cloîtres; Ce Pieux Pere guarantit ses Religieux de ce Schisme par son zele & par sa prudence, pendant vingt-quatre ans qu'il gouvernera l'Ordre jus-

qu'en l'année mil trois cens quarante-quatre, qu'il alla
recevoir la recompenfe de fes travaux au Ciel.

LE Pieux Pere de Manville, Profes de Paris, onziéme General, fit grand bruit dans Paris par fa fcience,
par fes Predications & par fa vertu; ce qui porta Jean
Roy de France à le prendre pour fon Confeffeur: en quoy
il doit fervir d'exemple & de modelle à tous les Confef-
feurs des Roys : pour être un Confeffeur des-intereffé:
car il en devint plus humble : & ne voulut jamais qu'on
tapiffat fa Salle, ou le Roy venoit fouvent le voir dans
fon Convent. Il ne voulut jamais accepter aucune Charge dans fon Ordre, tandis qu'il demeura chargé de la
Perfonne du Roy. Il reprenoit avec un faint zele & une
fainte liberté le Roy de quelque méchante habitude, &
de quelque vexation qu'il faifoit à l'Eglife de fon Royaume. Le Roy crût l'adoucir en luy prefentant l'Evêché
de Meaux, le Pere de Manville le refufe conftamment:
quelque temps aprez, le Roy crût mieux reuffir, en luy
prefentant l'Evêché, Duché & Pairie de Laon : le Pere
de Manville, devint au contraire plus fevere, & mena-
ce le Roy de l'abandonner : ce qu'il fit à la fin, aprez l'a-
voir menacé de la Juftice Divine, comme Nathan
fit le Roy David; ce que le Roy fentit dans peu de
temps, fe voyant emmener Prifonnier à Londres en Angleterre, par le Prince de Galles Duc de Guyenne fon
Vaffal : & voyant fon Fils le Dauphin revolté contre luy,
comme Abfalom contre David. Le Pere de Manville
étant delivré de ce fardeau, fût fait General de l'Ordre, il
effuya bien des traverfes dans fon Gouvernement, il fut
obligé d'avoir recours au Pape Innocent fixieme. Aprez
trois ans il ceda volontairement fa Charge en plein Chapitre General, en mille trois cens cinquante-huit: Et

pour se donner entierement à Dieu, éloigné de l'embaras des Charges, il alla finir saintement sa vie au Monastere de Saint Mathias, dans la Forest de Soiffambrou, au Duché de Juïllers.

LE Pieux Pere Pierre Pinchare, de Profés de Huy, & de celebre Docteur & Predicateur, fut fait Prieur de Caen en Normandie; Et puis treiziéme General de l'Ordre, qu'il trouve relâché par la negligence de son Predecesseur, ce qui luy attira beaucoup de contradictions. Il rétablit la Regularité par ses soins, par ses Ordonnances, & par les decrets des Chapitres Generaux: Mais lors qu'il veut faire ses visites en France, on le rejette comme Schifmatique, pour être un Fils obeïssant à Urbain sixiéme veritable Pape, & que les François & les Espagnols au contraire luy sont des-obeïssans, en reconnoissant le Cardinal de Geneve Antipape. Le Pere Pinchare alla trouver le Roy Charles sixiéme, auquel il fit entendre la verité, lequel ordonna à tous les Religieux de Sainte-Croix de France de le reconnoître, & de subir sa visite, laquelle il fit pareillement en Angleterre.

Le Cardinal de Sainte Praxede Legat d'Urbain, voyant sa constance à soûtenir le party d'Urbain, accorda beaucoup d'Indulgences à l'Ordre, & le Privilege de dire la Messe sur des Autels portatifs: aprez quoy il jouyt quelques années du calme & du repos, pendant ce temps il composa trois Livres de l'Explication mystique des trois Habits de l'Ordre, c'est à sçavoir de l'Habit des Prêtres, des Convers & des Donats, afin d'obliger un châcun a aymer sa vocation. Ce Pieux Pere pour se rendre fidelle observateur du Decret d'Urbain sixiéme contre les Simoniaques, voulut qu'on reçeut les Postulans dans l'Ordre, sans heritages, sans legats, & sans aucune sorte de pre-

fents volontaires ; ny pour la table, ny autrement : tant
il aprehendoit non feulement le peché, mais encore les
ombres d'iceluy ; ce qui ne venoit pas de faux fcrupules,
mais de ces grandes lumieres que luy donnoient, & fa
fcience, & la grace interieure dont fon ame étoit ornée;
dont la reputation en étoit fi grande, qué le Chapitre &
les Etats de la Ville & Principauté de Spire, l'élurent
pour Evêque & Marquis du Saint Empire. Cette élection
auroit rejouy des efprits ambitieux : elle fut pour luy un
fujet d'affliction, & voyant que cette nouvelle dignité
l'alloit feparer de fes Religieux, il en pleura, & refolut
de faire plûtot une vifite generalle pour leur dire adieu,
& pour voir s'il étoit debiteur à aucun de fes Religieux,
touchant leur falut ; mais fur la fin de fa vifite il mourût
au Monaftere de Sainte Agathe, au Duché de Brabant,
l'an mille trois cens quatre-vingt deux ; aprez avoir faintement gouverné l'Ordre dix-neuf ans.

LE Tres-Pieux, & tres-Devot Pere Libert de Jean,
natif de Bommel, Profés & Prieur de Sainte Agathe
au Duché de Brabant, aprez la ceffion volontaire, pour
éviter l'autôrité du Pere Davins, qui avoit été fait General par le Pape, vuidant le partage en fa faveur contre
un autre, par les follicitations de Jean de Baviere Evêque & Prince du Liege, des Comtes d'Hollande, de
Namur & de Marre, du Duc de Bourgonne, & du Prince d'Orange, fût élû General, dont il n'accepta la Charge que par la fommation des Deffiniteurs Generaux, Juges Souverains, & par la follicitation de tous les mémes
Princes, qui s'étoient rendus à Huy, qui reparerent en
cela la faute qu'ils avoient faite, de faire entrer dans cette Charge par faveur, celuy qui n'étant pas beny de Dieu,
dans cet efprit d'ambition, avoit laiffé tomber l'Ordre
dans

dans le relâche. Le Pieux Pere Libert de Jean tient dans
le moment le Chapitre General, que par adreſſe on avoit
fait convoquer à ſon Predeceſſeur. Dans ce Chapitre,
tenu au mois de Juillet mille quatre cens dix, il rétablit
l'Ordre dans la même forme, & dans le même état qu'il
pût juger qu'il étoit aprez la derniere confirmation obte-
nuë d'Innocent quatriéme : & en mettant de nouveau
l'Ordre ſous la protection de Sainte Odilie : il fit Ordonner dans ce Chapitre General, qu'à l'avenir on finiroit
les Chapitres Generaux par une Meſſe, & par une Proceſſion Generalle, où les quatre Definiteurs Generaux porteroient la Chaſſe de Sainte Odilie. Le Chapitre General tenu, il fit faire les exercices ſpirituels aux
Religieux de Huy ; & leur donna toutes les Regles de
la vie ſpirituelle, pour les élever à la perfection. En ſuite il s'en alla faire viſite, dans tous ſes autres Monaſteres
du voiſinage ; où il s'appliquoit a interroger les Religieux ſur la maniere de mediter, ſur leur devotion, & à
leur donner les bonnes Regles & bonnes maximes de la
vie ſpirituelle, plûtôt que ſur d'autres choſes qu'on peut
mettre au rang des inutiles dans les Cloîtres : En quoy
il fit tant de progrez, que dans ſix mois ſeulement qu'il
fit ces fonctions de General, on peut dire de luy ce que
dit le Sage, que dans peu de temps, il a fait ce que les au- *Conſum̄a-*
tres ne font que dans pluſieurs années. En effet tant de *tus in bre-*
fatigues d'eſprit, tant de vigilance, tant d'inſtructions à *vi exple-*
donner, tant de meditations jointes aux ſoins generaux *ta multa.*
de tout un Ordre, luy échauferent tellement le Sang ;
que le premier de l'an mille quatre-cens onze, la fiévre
le prit dans Anvers, d'où voulant remonter la Meuſe droit
à Huy, le mal l'obligea a prendre retraite le quatriéme
de l'an, dans la Chartreuſe de Dieſth, ſans jamais ſe
plaindre de ſon mal qui étoit tres-violent. Le Medecin
le condamna d'abord à mourir ce même jour ſur la mi-

X

nuit, à quoy ce Pieux Pere répondit; je ne mourray
que dans cinq jours d'icy, ce qui surprit bien l'Assemblée,
d'entendre que le jour de sa mort luy étoit revelé : c'étoit
l'Enfant Jesus à qui il avoit une devotion extraordinaire,
qui luy avoit revelé & determiné ce jour, qui est le huitiéme de l'année ; à cause que tous les ans, l'Ordre faisant
anciennement une Fête particuliere du Nom de Jesus à
ce jour là, ce Pieux Pere jûnoit la veïlle, & passoit le
jour de la Fête dans des ferveurs extraordinaires. Il y à
de l'apparance qu'il eut aussi revelation de son Successeur, car voyant pleurer ses Religieux de le perdre si tôt,
il leur dit, de mettre leur confiance en Dieu ; & qu'ils
devoient se consoler de ce que Dieu ne les abandonne-
roit pas : ce qui arriva en effet ; car il eut pour Successeur
le Pere Jean de Merthon Religieux tres-zelé & tres-devot, qui travailla beaucoup pour l'Ordre.

Mais pour revenir au jour de sa mort, qui fut le huitiéme de l'an, Fête du Nom de Jesus, selon l'ancien usage de l'Ordre, aprez avoir reçû tous les Sacremens, il
voulut attendre la mort à genoux : à méme temps il fut ra-
vi en extase pendant trois heures, qu'on le croioit mort, si
le poux n'avoit montré le contraire ; d'où il revint plus gay
& plus joyeux, ce qui donnoit à ses Religieux esperance
de convalescence ; Mais comme les Propheties de
Dieu ne peuvent être fauses, la prophetie de sa mort à
ce jour là ne le fût pas ; car il mourut à midy, en pronon-
çant le tres-saint Nom de Jesus : Et fut enterré dans cette Chartreuse, par l'importunité des Reverends Peres
Chartreux, ce que ceux de Sainte-Croix leur accorde-
rent en reconnoissance de leur Hospitalité.

LE Pieux Henry de Nimegue, étoit de Maison fort honorable dans le Siecle, il étoit Beneficier, Prêtre, & tres-sçavant, ce qui luy avoit étably une bonne fortune, & acquis l'approbation du Peuple : Mais faisant reflexion sur les vanitez de ce monde, il quitte tout pour se faire Pauvre & simple Religieux dans l'Ordre de Sainte-Croix. Sa vertu ayant commancé a éclater, bien qu'il voulut la cacher; il fût élu Prieur du Monastere de Sainte-Croix de la Bretonnerie de Paris : mais ce Monastere étant trop petit, pour renfermer une si grande Sagesse qui étoit en luy, Dieu le fit élever à la conduite de tout l'Ordre en qualité de General, en l'année mil quatre cens quarante-un. Aprez quelques années de l'exercice de sa Charge dans toute sorte de zele, les gouttes le prirent dans son Monastere de Huy, quasi par tout son Corps, & exercerent assez long-temps sa patience, jusques à ce que Sainte Odilie Protectrice de l'Ordre, à laquelle apparemment il avoit quelque devotion extraordinaire, touchée de compassion, le prevint à luy obtenir de Dieu la santé, laquelle il ne vouloit demander pour ne se chercher pas soy-méme. Cette Sainte apparût à Frere Jean Fraïtur Donat tres-malade, à qui elle porta la santé, & luy dit d'avertir son General, de se recommander à elle, & de faire une quête pour luy faire faire une Chasse d'argent des aumones qu'il amasseroit, & qu'elle luy obtiendroit de Dieu la santé : ce que ce Pieux Pere fit, connoissant par la que c'estoit la volonté de Dieu qu'il demandat la santé. Il la demanda avec humilité, il l'obtint d'abord, & rendit mille graces au bon Dieu, & à Sainte Odilie qui avoit intercedé pour luy : & ce qui est admirable ? il alla faire cette quête ordonnée, avec tant

X 2

de penitence, qu'il voulut mandier son pain en la faisant;
& aprés avoir amassé suffisamment des dons & des presents,
il fit faire une belle Chasse d'Argent, ou il transfera so-
lemnellement les Reliques de Sainte Odilie: & quatre
ans aprés, il finit sa vie heureusement dans son Monastere de Huy, l'an mille quatre cens cinquante-un, où il
est enterré.

L E Pieux & Laborieux Frere Gilbert Fraïtur, Religieux Donat Profés de Huy, étant devenu malade
d'une grande douleur de tête, qui ne luy étoit pas causée
par trop dormir, ny par trop manger, mais par trop de vigilance, & par les soins qu'il prenoit pour la ménagerie
de son Monastere de Huy, s'estimant heureux de servir.
en cela les Religieux, comme s'il eut servi des Anges,
merita de voir Ste Odilie Protectrice de l'Ordre, qui luy
aporta sa guerison, & luy ordonna d'aller avertir Henry
de Nimegue son General, de se recommander à elle
pour obtenir pareillement la sienne. Et aprés avoir perse-
veré a travailler & servir les Religieux, il mourût à Huy,
dans un esprit de penitence.

L E Pieux Pere Henry Bentem, Profés de Huy, fût
éleu Prieur à cause de sa vertu du Monastere d'Ivoy,
à la Ville de Carignan, dans le Dioceze de Treves. Il
eut tant de devotion à la Sainte Vierge pendant toute sa.
vie, dont il fit participant le Frere Melchior un de ses Religieux Diacre, que la Sainte Vierge luy obtint de Dieu
l'esprit de Prophetie, par lequel il predit le jour de sa
mort, dont le Frere Melchior Diacre ne pouvant se consoler, & se plaignant à luy de ce qu'il l'abandonnoit, le
Prieur luy demanda s'il vouloit mourir encore, à quoy,

le Frere Melchior ayant répondu qu'oüy. Le Prieur demanda à Dieu, qu'il luy plût tirer de ce Monde le Frere Melchior, ce que Dieu luy ayant accordé, il dit au Frere Melchior de se preparer à mourir bien-tôt aprés luy, à un certain jour qu'il luy nomma. Et la Sainte Vierge luy ayant apparu à luy-même visiblement avant de mourir, pour l'apeller de ce monde, il la fit voir visiblement au Frere Melchior, qui étoit toûjours en sa compagnie, jusques au treizieme de Novembre, que ce Bien-heureux Pere Henry mourût à Carignan, où il est enterré, l'an 1468. mille quatre cens soixante-huit.

LE Pieux & Devot Frere Melchior Diacre, aprés avoir eu ce bon-heur, que de voir visiblement la Sainte Vierge, que le Pere Henry Bentem son Prieur luy monstra, ayant voulu mourir volontairement pour quitter ce miserable monde, & aller en Paradis, mourut au jour que le Prieur luy avoit predit, & fut enterré à Carignan.

LE Pieux Pere Everhard de Orsoy, vingt-cinquiéme General de l'Ordre, étoit de naissance, Fils unique, & heritier presomptif de sa Maison, bien élevé dans les Lettres. Il fut fait un saint sujet de larmes à ses Pere & Mere, quand ils le virent prendre l'Habit de Religieux de Sainte-Croix, à Bantlo dans la Vuestphalie, où il tint son Corps tellement assujetti à la raison, par le moyen des jûnes, des veilles, des disciplines & de la meditation, que le Miroir des exemples, & Corneille Clotingen son *Specul.* Contemporain dans ses Collections, disent qu'on croit *exempl.* que par ce moyen, il conserva sa Virginité, qui ne fut *dist. X.* pas pourtant une vertu sans combat: Car à l'âge de tren-

X 3

te ans, le Diable fit tous ses efforts pour la luy faire perdre par des tentations qu'on ne peut apeller que crüelles
à l'égard des ames chastes ; contre lesquelles son dernier
refuge fut la Sainte Vierge, qui par son intercession le fit
triompher de son Corps & du Demon. Le Prieur de son
Convent étant mort, il fut élû à sa place ; où il dit aux
Religieux qu'il leur commanderoit l'observance de la
Regle, plûtôt par son exemple, que par ses paroles ; &
qu'ils ne manquassent pas de le suivre. En effet il leur
donna si bon exemple, & ils le suivirent si bien, que le
Miroir des exemples raporte avec la Chronique de l'Ordre, que les Freres Convers & Donats de ce Monastere,
étoient plus sçavans dans la vie spirituelle, que les Prêtres d'autres Monasteres : & que ceux qui moururent
pendant son gouvernement, moururent dans un esprit
de Sainteté : entre lesquels est le Pieux Frere Lubert Donat, dont les Anges en chantant la Musique reçûrent son
Ame à l'heure de sa mort.

Les Guerres ayant pillé la Campagne, & les revenus
de son Monastere, les Religieux entrerent dans quelque
inquietude, sur l'apprehension que le necessaire à la vie

1493.

ne leur manquat. Il leur ôta cette crainte par ses dou-
ces consolations, & les exhorta de ne se détourner point
de leurs Offices Divins, ny de leurs Meditations, &
qu'il se chargeoit de leur pourvoir du necessaire, ce qu'il
fit par les soins qu'il eut d'aller luy même, ou d'envoyer
ches les Grands Seigneurs, & chez les personnes chari-
tables demander quelques presents & quelques aumônes,
faisant en cela les fonctions d'un veritable Pere : aussi le
Pere de Harlem General étant mort, on voulut qu'il
fût Pere de tout l'Ordre, on l'éleva à la Charge de
General, qu'il exerça saintement, donnant ces maximes generales de perfection à ses Religieux. *Premierement*, De ne s'attribuer aucune bonne œuvre, mais à la

Grace, comme ne pouvans rien faire d'eux mémé, qu'offenfer Dieu. *Secondement*, Que toute forte de vie ne fut qu'une continuelle Priere d'efprit, en fpiritualifant toutes chofes. *Troifiémemement*, Qu'ils fortiffent de la Communion, comme fi de ce pas ils dévoient aller comparoître au jugement de Dieu. Il étoit tellement devôé au Saint Sacrement de l'Autel, qu'il difoit Meffe tous les jours, & fouvent les larmes aux yeux; & quand la maladie l'en empêchoit, il la faifoit dire dans fa Chambre, ou dans l'Infirmerie, y Communiant châque fois. Il fut pourtant blâmé de l'Ordre, & d'Innocent huitiéme Pape, d'avoir tranfporté le Chapitre General hors du Monaftere de Huy, & le Pape luy Ordonna & à fes Succeffeurs de le remettre à Huy, & aux Religieux de ne plus recevoir de General qui n'eut juré de conferver le droit de Primace du Monaftere de Huy. Etant Malade à la fin de fes jours, aprez avoir reçû les Sacremens, il demanda pardon à fes Religieux des incommoditez qu'il leur donnoit, & de n'avoir pas bien fupporté leurs imperfections. Il mourut le quinziéme Decembre mille quatre cens quatre-vingt treize, & fut enterré à Huy.

LE Pieux Frere Lubert Donat, dans le Monaftere de Bantlo en Vueftphalie, aprez avoir vécu faintement 1481. dans l'humilité de fon état, & avoir obey au Pieux Pere Everhard de Orfoy fon Prieur, auffi bien dans la pratique des Maximes fpirituelles de la perfection, qu'en ce qui concernoit le travail manuel & ménagerie du Convent, rendit fon Ame bien-heureufe, entre le mains d'un chœur d'Anges chantans la Mufique, envoyez de Dieu pour la recevoir, l'an mille quatre cens quatrevingts-un. Le Miroir des Exemples, Diftinction dixié-

me, & la Chronique de l'Ordre, & les Collections du
Pere Clotingen, font mention de luy.

LE Pieux Pere Corneille Clotingen, vingt-huitié-
me General de l'Ordre, étoit Profés de Goffen, au
Dioceze d'Utrech, il fut fait Lecteur de Theologie à
Huy par le Pere Gerbrand l'Ange Anglois, General de
l'Ordre : & puis Docteur en la celebre Université de
Louvain, avec l'Approbation de tous les Docteurs, &
de tout l'Ordre, à caufe de fa grande fçience. Il avoit
toûjours cette maxime en bouche, qu'il falloit que tout
Religieux & tout Ecclefiaftique eut la Science & la
Confcience infeparables. Il pratiquoit fort l'étude, & la
confeilloit à fes Religieux, pour fe garantir des tentations du Diable. Il defiroit la fobrieté & la temperance
en tout le monde, auffi bien qu'en luy. Il étoit exact à
faire garder la Regle & les Ordonnances des Chapitres
Generaux, & n'accordoit que rarement & avec beaucoup de difficulté de Difpenfes. Dieu voulût qu'il re-
prefentat la perfonne du Saint Homme Job à la fin de
fes jours; car les vers le rongerent tout en vie par tout
fon Corps couvert d'Ulceres infectez; Et afin que la reprefentation de Job fut parfaite, il eut autant de patience que luy, car au lieu de fe plaindre, il prioit Dieu de
luy augmenter fon mal, pourvû qu'il luy augmentat la
patience. Pendant cette maladie affez longue, il faifoit
dire tous les jours la Meffe dans fon Infirmerie, à laquelle il Communioit châque jour; & pour la derniere fois
y ayant Communié, il mourut le douziéme d'Octobre,
l'an mille cinq cens douze, à même-temps qu'on faifoit
la Recommandation de fon Ame. Il eft enterré à Huy,
aprez avoir gouverné douze ans l'Ordre.

LE

LE Pieux Pere Laurens Gladbache, trentiéme General, Profés & Prieur de Cologne, tres-fçavant
& tres-pieux. Il fut élevé à la Charge de General par une
providence de Dieu, qui voulut pourvoir l'Ordre d'un
tel Chef pieux & fçavant, capable de refifter à la fauffe 1529.
Doctrine de Luther, pour lors vivant & defolant toute
l'Allemagne : Il conferva par fa fage conduite, dans un
temps de tempête, fes Religieux dans la fermeté de la
Foy & de leur Profeffion : Et pour réunir des membres
difloquez ou rompus au Corps, il envoya en Titre de
Commiffaire General, avec Bulles de Clement feptié-
me, le Pieux Pere Thomas de Gonda, contre un certain
Martin Mulot. Aprez quoy il mourut à Huy, l'an mille
cinq cens vingt-neuf, n'ayant exercé la Charge qu'un
an, pendant lequel il fit plus d'actions heroïques, que
d'autres dans vingt ans. Sa vertu fut tellement connuë
du Pieux Errard Cardinal de la Marke Evéque & Prince
du Liege, qui l'avoit choifi pour fon Directeur & Pere
Spirituel, qu'il meritat fes larmes, qui font les larmes
d'un Saint, car on le met au rang des Cardinaux tacite-
ment Bien-heureux.

LE Pieux Pere Thomas de Gonda, trente-uniéme
General, étoit Profés du Monaftere du Verger
dans l'Anjou, & à caufe de fa grande prudence & vertu,
il fut fait Prieur, dans laquelle Charge il fut rudement
perfecuté, pour maintenir les libertez Ecclefiaftiques,
par un Prince fondateur. La querelle fut terminée par
fa retraitte vers le General de l'Ordre ; & ce Prince reconnut fa faute, ayant ordonné pour fatisfaction, qu'a-

Y

prez fa mort, fon Corps fut traîne en caleçons, fur une
Claye à l'entour du Convent. Le Pere de Gonda fût pla-
cé au Monaftere de Nôtre-Dame des loüanges, où il
fut fait Soûs-Prieur, puis Prieur, puis Vifiteur en France,
& outre cella Commiffaire General; puis Vifiteur en
Angleterre, & trois fois dans Allemagne, pour conferver les Monafteres de l'infection de l'Herefie de Luther:
Cinq fois Deffiniteur General, & enfuite Prieur de
Caen en Normandie. Pendant l'exercice de toutes ces
Charges, il montra tant de pieté dans fes mœurs, tant
de modeftie dans fes démarches, tant de Regularité
dans l'obfervance de la Regle, tant de retenuë au parler,
& tant de fageffe dans fa conduite, que fa prefence feule
animoit tous les Religieux à la Regularité & à la devotion; Voyla pourquoy les Generaux vouloient l'envoyer
par toutes les Provinces pour Vifiteur; & tous les Monafteres euffent voulu l'avoir pour Prieur: Et tous furent à la fin fatisfaits, quand il fut General de l'Ordre:
& comme il fut Succceffeur en cette Charge au Pieux
Pere Gladbache, il fut auffi Succeffeur dans l'Office de
de Confeffeur & de Directeur du Pieux Cardinal de la
Marke, Evêque & Prince du Liege, & fouvent fon Confeil politique dans les affaires Spirituelles & Temporelles de fon Eglife : & de fes Etats, qui à caufe de cela, tenoit fa Cour dans fon Château de Huy, & fe retiroit
fouvent tout feul, dans le Monaftere des Religieux de
Sainte-Croix, pour joüir de leur Converfation fpirituelle, y faire fes Meditations & fes Exercices fpirituels, jufques a aller fouvent au Refectoir en filence, comme un
fimple Religieux, fans autre ordinaire que celuy de la
Communauté : Et comme il avoit tout fon threfor fpirituel dans le Cloître, & dans l'Eglife des Religieux de
Sainte-Croix de Huy, il y a auffi voulu laiffer fon Cœur
dans un Cœur d'argent, que tient entre les mains fa pro-

pre Statuë de marbre, qu'il fit eriger méme de son vivant, avec une Epitaphe tres-Sainte. Ce Prince Cardinal avoit tant de confiance aux Religieux de Sainte-Croix, qu'il voulut faire son Evêque Suffragant, le Pere Gregoire, Religieux tres vertueux & tres sage, à quoy le Pieux Pere Thomas de Gonda ne voulut consentir, sollicité apparemment par le Pere Gregoire, qui aymoit mieux sa solitude, que cette dignité presente, laquelle il n'osoit ouvertement refuser à ce pieux Cardinal & Prince. Le Pieux Pere de Gonda vouloit que ceux qui entroient dans l'Ordre, y entrassent dans le méme esprit, que font les Criminels en Prison, qui ne songent qu'au regret de leurs crimes, & à l'heure que le Juge viendra les interroger. Mais si jamais son cœur sentit de douleur, & si jamais Homme en pût sentir de plus sensible, il en sentit une jusqu'à la mort, d'entendre qu'Henry huitiéme Roy d'Angleterre devenu Lutherien, s'étoit emparé de deux beaux Monasteres que l'Ordre de Sainte-Croix avoit dans Londres, & de plusieurs autres dans le reste de l'Angleterre: & de voir une partie de ses Religieux perdus, & les autres arrivez comme des Gens bannis, ou comme des Martyrs de Jesus-Chrît, lesquels il plaça dans divers Monasteres. Ce déplaisir luy fut un Martyre lent, qui acheva de le faire mourir, en visitant le Monastere de la Ville de Liege, le quatorziéme Decembre mille cinq cens trente-sept: Il fut porté à Huy, où il est enterré devant la Statuë du Cardinal de la Marke son Fils Spirituel, qui le suivit deux mois aprez en odeur de Sainteté. Il gouverna l'Ordre sept ans en qualité de General, avec cette loüange, d'avoir pris plus de peine pour l'Ordre, que jamais simple Religieux ny General ayt fait.

LE Pieux Pere Jean de Saint Uvar, étoit Profés &
Procureur du premier Monaſtere de l'Ordre à Huy,
il en fut étably Procureur, par le Pieux Pere George
Conſtantin General: & bien que l'Apôtre Saint Paul
ayt dit, que pour les choſes temporelles il falloit commettre les plus inutiles qui étoit dans l'Egliſe, neanmoins le Pere Conſtantin General, choiſiſſant le Pere
Jean de Saint Uvar pour Procureur du temporel, n'a pas
choiſi le plus inutile de l'Egliſe, ny de ſon Monaſtere,
puis que ce Pieux Pere, a été autant œconome des parolles, en ne parlant que tres peu, que de l'Argent: qu'il
a été autant œconome de la ſobrieté à ſon regard, que
des proviſions de bouche pour le neceſſaire des Religieux: Et qu'il a été autant œconome des Ames & des
bonnes Maximes de la Religion, & des Regles de la
Perfection, que des Rentes & Revenus du Convent. Car
il faiſoit plûtôt tous les jours les Exercices Spirituels in-
etrieurs de ſon Ame, que de ſonger aux affaires temporelles. Il n'affecta jamais dans cette Charge d'autôrité
ny d'exemptions, qui perdent la plûpart des Procureurs
des Monaſteres, & il ſçeut garder le repos parmy le bruit
des affaires, & la mortification dans l'abondance.

Voila pourquoy il ſeroit expediant que tous les Procureurs, œconomes & Celleriers, euſſent étudié ſous ſa
diſcipline, ou bien il faudroit que tous l'imitaſſent, puis
qu'il peut ſervir à tous de Modelle & d'Exemple. Car
bien que les Apôtres ayent dit, qu'il n'étoit pas expe-
dient de retirer de la Predication ceux qui prêchoient,
pour les commettre au ſoin des Tables des Communau-
tez; Neanmoins le Pieux Pere de Saint Uvar eut aſſez
de vertu, pour faire l'un & l'autre, car il prêchoit aux

(marginalia:) 1. ad Co-
rinth.
Cap. 6.

(marginalia:) Actum. 6

Ames leur Salut, dans tous ſes diſcours familiers, &
dans ſes directions; auſſi bien qu'il ſurveïlloit avec ſageſ-
ſe aux Tables & au neceſſaire de la Communauté : On
peut dire qu'il étoit Procureur des Ames, auſſi bien que
des Revenus temporels, car il en attira beaucoup à la devotion par ſes directions, & par le moyen d'un Livre qu'il
avoit compoſé ſur les Sept Pſeaumes Penitentiaux,
ayant mis aprés chaque Pſeaume de certaines Oraiſons
avec des Reflexions Moralles : mais comme la mort eſt
celle qui fait paroître à la fin de nos jours au dehors, ce
que nous ſommez au dedans. Elle fit connoître déja à ſes
aproches, la grande vertu interieure du Pieux Jean de
Saint Uvar, car Dieu l'ayant livré à un combat avec le
Demon, pour éprouver ſa vertu pendant quelque temps
qu'on le croyoit mort, il revint à ſoy criant à toute l'Aſ-
ſemblée, qu'il avoit emporté la victoire ſur le Diable,
par la vertu de la Croix : & ſur la minuit entendant ſon-
ner les Cloches à Matines, il y envoya les Infirmiers,
qui le croyoient en convaleſcence; mais ce fut tout au
contraire, car il mourut pendant leur abſence, & parût dans un globe de feu devant le Maître Autel, tandis que les Religieux Chantoient Matines; & aprez
avoir adoré le Saint Sacrement, on vit que ce globe deſ-
cendit par le milieu du Chœur, plus proche du côté du
General que de l'autre, & qu'ayant deſcendu juſques au
fonds de la Nef, il s'éleva & diſparut, on court à l'Infirmerie, & on le trouve mort, & il fut enterré à Huy dans
une opinion de Sainteté, l'année mille cinq cens no-
nante-huit.

1598.

LE Pieux Pere Gifles Ducquet étoit Profez de Huy, il auoit un efprit docile & aymable, mais une complexion fi foible, qu'il étoit quafi toûjours malade; & l'an vingt-neuf de fon âge, qui fut celuy de fa mort, tous les maux fe jetterent à foule fur luy : des Coliques violentes, des Migraines aiguës, des langueurs par tout le Corps, des défaillances & fiévres de toute forte, fans qu'il regrettat cette vie, ny qu'il prit foin de fa fanté; mais feulement un foin de pratiquer la patience, & de fe faire adminiftrer fouvent les Sacremens pour fe preparer à bien mourir. L'heure de la mort arrivée, il dit adieu avec une allegreffe d'efprit à châcun des Religieux, & enfuite ayant jetté les yeux fur un Tableau de Sainte Odilie, il tomba comme en extafe pendant un quart d'heure, pendant lequel temps il entra en combat avec le Demon, aprez lequel étant revenu à foy, il dit aux Religieux prefens, que la Sainte - Croix & Sainte Odilie avoient triomphé; & fon Confeffeur l'ayant fait expliquer, il declara que le Diable pendant ce temps, l'avoit rudement tenté pour le faire defefperer de fon Salut; Mais que par le fouvenir de la Croix qu'il profeffoit, & par l'interceffion de Sainte Odilie qui vint à fon fecours, il avoit furmonté le Diable, cela dit, il mourut, & fut enterré à Huy, l'an mille fix-cens quatorze, en opinion de Sainteté.

LE Pieux Pere George Conſtantin, trente-quatrié-
me General de l'Ordre, étoit Profés & Prieur du
Monaſtere de la Ville du Liege. La reputation de ſa
grande vertu, & de la Sainteté de ſa vie, l'éleva à la
Charge de General de l'Ordre. Etant dans cette Charge, il garde cette Maxime, d'écouter tout, & de croire peu,
pour ne tomber dans les preocupations dans leſquelles
on precipite ſouvent l'eſprit des Superieurs. Il rendoit
juſtice à tous les Religieux ſans diſtinction quelconque,
avec tant d'équité, qu'on a remarqué, qu'il n'a jamais
condamné temerairement perſonne, ny fait tort à aucun. Il fut ſi conſtant a exercer ſa Charge parmy de continuelles maladies qui le travailloient, que jamais il ne
voulut ſe diſpenſer des ſoins auſquels elle l'engageoit, ny
les commettre à des perſonnes tierces. Enfin ſa Vertu,
ſa Sageſſe & ſa Vigilance éclatterent ſi avant, qu'elles firent bruit à la Cour de Clement huitiéme Pape, qui luy
manda de ſe rendre à Rome, pour reprendre ſous ſa conduite, & ſous ſon autôrité de General Univerſel de l'Ordre de Sainte-Croix, les Croiſiers d'Italie. Ce Pieux
Pere auroit pû envoyer ſes excuſes au Saint Pere, à cauſe de ſes continuelles maladies; mais pour faire voir qu'il
avoit l'eſprit d'obeiſſance, en commandant, & qu'il pre-
feroit les interêts de l'Ordre à ceux de ſa ſanté & de ſa
vie il voulut obeïr à ſon tour: & dans ſon chemin il
fit la viſite des Monaſteres de France, par où il prit ſa
route droit à la Ville d'Aix en Provence, ou le mal l'ac-
cabla ſi fort, qu'il y mourut comme Martyr d'eſprit & de
volonté: Il y fut enterré aprez avoir exhorté l'Ordre
d'élire pour ſon Succeſſeur le Pieux Pere Herman Ha-
ſius, Prieur de Duſeldorp au Duché de Juïllers.

LE Pieux Pere Herman Hasius, trente-cinquiéme
General de l'Ordre, natif du Païs de Juilliers, fut
Prieur du Monastere de Pontis-Cœli, & de la transfe-
ré Prieur du Monastere de Duseldorp au Duché de Juïlliers, ou il fut Confesseur & Predicateur du Duc de Juïlliers son Souverain, qui avoit une particuliere venera-
tion pour luy, & qui suivoit ses bons Conseils de conscience. Les Ducs de Cleves & de Mons, avoient aussi
une particuliere consideration pour ce pieux Pere : C'é-
toit un Religieux qui avoit une grandissime bonté, qui
ne venoit point de simplicité, puis qu'il étoit tres-sçavant; mais qui venoit d'une grande vertu & pureté de
conscience, puis qu'il haissoit le vice avec une colere
implacable, & qu'il aymoit tendrement les Religieux sa-
ges & vertueux. Les recommandations de son Predecesseur, jointes au bruit de son merite, porterent les Electeurs
à le nommer General de l'Ordre. Dés qu'il en entend le
bruit, il s'enfuit de son Monastere, dont il étoit Prieur,
& se cache comme Saint Gregoire quand il fût élû Pape,
esperant que pendant ce temps on en éliroit un autre:
Mais comme les Hommes, pour si bien qu'ils se cachent
ne peuvent pas se rendre invisibles, à-cause qu'ils ont be-
soin des autres Hommes, ou pour demander les chemins, ou pour demander à vivre. Il fut dans quelque
temps découvert, & mené à Huy, où il fut contraint
d'accepter la Charge : mais ce fut en menaçant les Electeurs d'un repentir de l'avoir élû, quand ils verroient,
disoit-il, que par faute de sa conduite, l'Ordre tomberoit dans le relâche, ce qu'il ne disoit que par la basse
estime que son humilité luy avoit fait concevoir de sa
personne : Mais le temps fit bien voir le contraire, car
pendant

pendant dix-sept ans qu'il exerça cette Charge, il conserva l'Ordre en toute Regularité, & fit de rigoureux Decrets contre les Religieux de l'Ordre, qui couroient les Benefices de Saint Augustin, que par une Maxime generalle de perfection, l'Ordre à toûjours negligez, comme divertissants les Religieux de la Regularité du Cloître. Il étoit ennemy des singularitez, & des frequentes Dispenses, ne s'absentant luy-même que pour cause legitime, du Chœur, ny de la Table de la Communauté. Il étoit amy du silence & de la Priere, ayant des heures particulieres à soy, outre les heures de la Communauté, pour faire ses Meditations dans sa Chambre, ou dans le Vestibule qui est derriere le Maître Autel ; & d'autres heures reglées pour les affaires publiques de l'Ordre : & d'autres de temps en temps pour instruire ses Religieux à la Perfection ; ausquels il faisoit des Discours si touchants, qu'il leur tiroit souvent à eux & à soy, les larmes de yeux. Le Reverendissime Antoine Albergati Evêque de Veïlles, Nonce du Pape en Allemagne, ayant reconnu sa grande Vertu, dit que l'Ordre de Sainte-Croix étoit heureux d'avoir un tel General : & pour témoigner l'estime qu'il faisoit de luy, & comme il desiroit avoir quelque place dans son cœur, il luy envoya pour present sa riche Tace d'Argent, dont ce Pieux Pere en fit d'abord un present à l'Autel. Et à la fin cassé de traveaux essuyez pour l'Ordre, & de maladies & de vieillesse, il mourut à Huy, au commancement du Carême de l'an mil six cens dix-huit, où il est enterré.

Outre tous ces Religieux morts en odeur de grande Pieté & de Sainteté, qui ne sont la plûpart que Generaux de l'Ordre, ou de la Maison de Huy, il y en a plusieurs autres, comme d'Angleterre, & des autres Monasteres de France, & Allemagne, dont je n'ay pas pû recouvrer pour le present de Memoires, comme d'un cer-

Z

tain Prieur qui aprez sa mort venoit encore expliquer la Regle à ses Religieux: des premiers Religieux qui avec le Bien-heux Theodore de Celles précherent contre les Albigeois à Toulouse, & qui y bâtirent un Monastere en l'année mil deux cens dix-neuf, d'autant que les Memoires ont été perduës avec ce Monastere deux fois brûlé, & autre fois démoly à cause de la Guerre des Anglois, & un autre fois pilé par les Huguenots: Mais nous esperons en sçavoir de plus amples quand nous serons dans le Paradis, ou nous croyons qu'il y en a quantité qui nous sont inconnus. Cependant Dieu nous fasse la grace de profiter du bon Exemple de ceux cy. Ainsin soit-il.

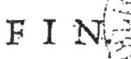

F I N

TABLE DES MATIERES
Principales contenuës dans ce Livre.

A

B

Z 2

TABLE.

C

TABLE.

TABLE.

K

L

M

N

O

TABLE.

TABLE,

FIN.